U0071778

GAEA

GAEA

小說殺人

Writer Killer

望日 著

小說殺人

目次

小說殺人

目次

Writer Killer

推薦序

《小說殺人》和《殺人小說》都沒有告訴你的事

香港推理小說作家
譚劍

二〇一六年一月二十三日，我和浩基在香港文學團體水煮魚工作室有一個小型講座「解讀《13．67》」，講座結束後，一個三十多歲的青年怯怯地向我們自我介紹，送上他的科幻小說《黑色信封》給我們看。

那時我並不知道望日有自己的出版社，因爲《黑色信封》是由香港一間大型出版社出版，而且這個「覺醒．潛能系列」（我私下叫它作「顏色系列」）似乎是會繼續出版下去。

接下來兩年多，我的人生軌跡轉了好幾圈，期間在報章上看到望日辭去高薪厚職的公務員工作開出版社的新聞。我認識好幾位辭職開出版社的作者，大部分都是出版自己的書爲主，望日的星夜出版主要出版他人的作品，是罕見例子。

再次聽到望日的消息時，已經是二〇一八年底。浩基告訴我，他和望日一直保持聯絡，兩人聊到香港有愈來愈多作家寫推理小說，不如由星夜向不同作家邀稿，製作一本香港推理小說合集，在次年香港書展推出，而且，用浩基的高人氣，吸引讀者注意書內香港其他默默耕耘的作家。

截至那時，我出版過的小說不是科幻就是奇幻，完全沒碰過純推理／犯罪小說類型，雖然想寫，但一直找不到發表的空間。我不是沒挑戰過長篇推理，但推理長篇的創作方式和審美標準跟科幻長篇完全不一樣，就像我會煎牛排，但不知道怎樣製作港式點心或煮牛肉麵。我覺得自己創作長篇推理就和跑馬拉松一樣艱難。

我答應邀稿，就當是練筆。

那本合集現在大家都知道，就是《偵探冰室》。每一集都有望日身爲出版人執筆的序言，在此不贅，有興趣的讀者可以去找來看，看過的也可以重溫他在字裡行間的熱血和對時代的側寫。

在此要補充的是望日沒提到的細節。

星夜出版是一人公司。雖然編輯和封面設計的工作會外包，但整間出版社其他大小事務包括做會計、市場推廣、擺攤、聯絡發行商等工作都是他一個人負責。

這種出版方式在香港和台灣都不是常態，但確實存在。替我在香港出版《人形軟件》（台版更名爲《人形軟體》）和《黑夜旋律》的格子盒作室同樣是一人出版。

如果出版社只是出版望日一個人的書，工作量還不算大，但加上出版其他作者的書，各種雜務加起來就不會少到哪裡去。

回到次年香港書展，主題剛好就是「科幻與推理」，《偵探冰室》也在書展期間順利面世。

很老實說，不只我，相信參與的作者，也覺得這本書不會好賣到哪裡去。多人合集的書在市場上一向不太受讀者歡迎。有些讀者認爲這只是找不同作者東拉西扯瞎編出來的一本書，只是香港人口中的gimmick（噱頭）書。

即使我在星夜的攤位把書拿上手，仍然覺得這書好像不太會有讀者買。

可是，市場告訴我們的是另一回事。那年香港讀者異常關注香港這個題目，我在星夜的攤位站一個下午，看著一個個讀者拿《偵探冰室》去結帳，我看著望日親自打開紙皮箱，把一本本書拿出來鋪在長桌上。

《偵探冰室》的銷量和迴響都超出我們預期很多。

那年蓋亞的老闆常智、總編育如和編輯群來香港書展，我特別帶他們參觀星夜的攤位，和認識望日。

那時我的如意算盤是，若《偵探冰室》能出版台版，就交給蓋亞。理由有三：

第一，我和蓋亞合作多年，和常智認識了超過二十年，合作無間。

第二，蓋亞缺乏華文推理這一塊，出版《偵探冰室》能共同成長，而且我也打算日後的長篇推理交由蓋亞出版。

第三，望日的其他著作，都是青少年面向，適合蓋亞。

後來，《偵探冰室》系列化，也交由蓋亞出台版，爲這個系列成功開拓了台灣市場。

把時空拉回香港。

浩基在華文推理的空前成功，香港劇團「劇場空間」就把他的短篇〈隱身的X〉改編成舞台劇上演。

其後望日出版《偵探冰室》，吸引不同人注意香港推理，「劇場空間」推出《推理空間—本土再造》計畫，把香港推理逐漸搬上舞台或者「圍讀」（即由演員圍讀劇本，讓觀眾在看不到肢體語言和舞台效果下去欣賞劇本的魅力，這同時也是吸引投資者的方法），文本包括浩基、望日、莫理斯和我的作品。

而我在《偵探冰室》第一集裡的〈重慶大廈的非洲雄獅〉，也在這年（二〇二三年）給改編成音樂劇。

這一切的因由，當然來自望日出版《偵探冰室》。

最後，來說他的首部長篇推理《小說殺人》。

這裡有書中書的結構，有個爲《殺人小說》寫的「原著作者序」、「改編者聲明」和後記，「內文」又分成兩個部分，一個是《殺人小說》小說世界的部分，另一個是現實世界的部分。

到底在玩什麼花樣，我留機會給讀者去自行發掘。

提示：

第一，這故事沒有多餘的部分。

第二，你覺得不自然的部分，都有可能是刻意爲之。

不過，這書最有趣的地方，我認爲，並不是書中書的結構。

記得我在本文開頭提過他的《黑色信封》嗎？那個系列由香港一間大型出版社出版出了前三本後，沒再出版下去，於是望日成立了星夜出版，製作第四本。

這一段情節，正和《殺人小說》的劇情不謀而合。

另外，書裡某作家簽的出版合約裡，有「在合約生效起三年內，不得使用同一筆名在其他出版社或收費平台上出版或發表任何作品」的條款。

這條款在香港出版業內確實存在。

由於我熟悉其他香港出版業的內幕，看到他指出「M出版社是MM集團的子公司，這座工業大廈正是MM集團的物業，集團旗下不少公司都在這裡。工業大廈內設有食堂，爲集團內所有子公司的員工提供膳食」這段極其寫實的描寫時，忍不住笑出來。

書中揭露的其他香港出版業艱辛，我就笑不出來了。香港曾經擁有強大的文化輸出，但受限於市場太小，加上閱讀風氣低迷，出版業的能量早就萎縮到連對台灣出版業最悲觀的朋友也難以想像。

所以，閱讀《小說殺人》固然可以享受多重的解謎樂趣，也可以從作者的牢騷裡，瞭解香港出版的生態。

然而，當你知道書裡的若干情節和現實中的望日出版經歷重疊，而他並沒有一如筆下的角色爲了報復而殺人，或者從此輟筆不寫，反而開一間出版社繼續打拚，並做出不錯的成績，也照亮其他作者的創作路，相信你會像我一樣，對這個故事有不一樣的體會。

這不再是一本單純的推理小說，而是用推理小說去書寫的另類自傳。

本故事純屬虛構，
如有雷同，也眞的只是巧合，
並沒有人把親身經歷寫進本書中，
也沒有人眞的被這部小說殺害……

原著作者序

感謝各位讀者的大力支持，本書《殺人小說》才得以在出版短短半年內加印。我和出版社商討後，決定在二刷以後的版本加入這篇〈序〉，以答謝一眾支持者，也稍微回應這段時間積存在大眾心中的疑問。

我猜購買本書的人當中，不少人本來並不是我的讀者。你們會買下這本書，可能是因爲近日出現了一宗命案，而該命案與本書的內容竟有驚人的相似之處，本書因此在網路上被封爲「奇書」或「預言書」，大家於是想看看到底是什麼一回事。

在我繼續說有關這件事之前，我想先簡單介紹詮釋學上的一個概念，名爲「反意圖主義」。「反意圖主義」主張，我們在詮釋一部作品的時候，只須集中看作品本身，而無須考慮作者創作作品時的意圖；換句話說，就是假設「作者已死」，讀者能夠從作品中觀察和理解到什麼，那就是答案，讓作品自己說話。與「反意圖主義」相反的自然是「意圖主義」，主張作品蘊藏的意義應以作者的意圖爲依歸，爲了理解作者的創作意圖，必要時更可以參考作者的生平、訪談、作品的序或後記，甚至直接詢問作者本人（如果作者仍在世的話）。

這樣說可能有點抽象，我舉一個日常生活例子來協助說明。在中文科公開試的閱讀理解試卷內，很常會引用文學作家的文章，並問考生當中某句話背後的意思。如果該文章的作者仍然活著，記者慣常會直接聯絡那位作者，問他寫那句話時的意圖。有趣的是，作者通常會含糊其詞，或推說時代久遠已忘記了，然後記者就會說該文章的作者也無法回答公開試的問題，延伸出公開試制度的荒謬云云。

這樣的出題方式是否適合評核考生的語文能力並不是本文的討論重點，請恕我不加以評論，但在以上例子中的記者很明顯就是意圖主義者，因爲他認爲文章的意思取決於作者的意圖，於是嘗試去找作者「對答案」。不過，在文學或流行文學創作圈內，大部分的作者——包括我自己——其實是反意圖主義者。或許在大部分作家的心中，都希望自己的作品能夠流傳後世。假如在作品誕生的時代，讀者都無法看出作品中的意思，那我們又怎能期待未來的讀者會看得懂？因此作家一般都希望作品本身能獨立於他而存在，讀者也能自行閱讀出或想像出當中的意思。而且，作家在創作時，並不是時時刻刻都懷著特定的心情或意圖去寫作，有時候眞的沒有想太多，所以當作者寫那個窗簾是藍色時，有可能單純覺得藍色較漂亮或者跟那個環境較合襯，當時的內心其實不一定有什麼憂鬱或被束縛的感覺。

說到這裡，我想大家應該理解，我本來不打算爲《殺人小說》說明什麼。可是，作品中存在著對應我本人的角色，故事中的角色利用小說來殺人，而不幸地現實出現了相似的命案，死者也剛巧和我有點私人恩怨，於是有人不禁懷疑，現實的我是否參照了小說的內容，利用這部小說來促成那宗命案。老實說，這件事不只令大衆對本書產生了強烈的好奇心，也吸引了警方和媒體的注意。儘管我是反意圖主義者，但爲了減少今後的麻煩，我似乎有必要藉此機會簡單說兩句。既然《殺人小說》是一部推理小說，那麼我也嘗試抽離作者的身分，從評論人的角度說說吧。

爲免「劇透」而影響大家的閱讀樂趣，我在這裡會說得比較空泛，但當你讀畢整部作品，就自然會明白我在說什麼。從推理評論的角度來看，我認爲利用小說來殺人這個方法相當獨特，是個能夠吸引讀者的有趣手法。可是，這個手法只適宜留在小說世界內，因爲在這個已有某種通訊技術的年代，凶手這樣做只會增加留下證據和事敗的風險。只要是稍微心思縝密的人都應該會認同這是多此一舉的做法，更遑論是推理作家。

而從事實層面上說，據我了解，警方已準備結案，認爲那宗案件的死者死因無可疑。也就是說，《殺人小說》和現實發生的命案相似只不過是一場巧合。這個答案或許會令很多讀者失望，但小說劇情與現實發生的事雷同，其實並不罕見。或許是因爲小說本來就是看似合理的虛構創作，當衆多的作家各自創作出作品時，偶有一些作品巧合地成爲事實只是機率和時間的問題，其實和「無限猴子定理」有異曲同工之妙吧。

我們常說現實比小說更荒謬，但不幸地（或幸運地）這次的現實並沒有比小說精彩。各位讀者在接下來的時間，不妨把注意力拉回《殺人小說》本身，或許你會發現這部作品比那宗命案更有吸引力，並從今日開始成爲我的支持者。

冼嘉浚

二〇二〇年八月三十一日

改編者聲明

本書的原著《殺人小說》雖然曾是全城搶購的奇書，並多次加印，然而後來基於各種不便言明的原因，該書現已下架，也無法在任何公立或私營圖書館中找到。但正如作者冼嘉浚於《殺人小說》的序中所說，作家都希望自己的作品能夠流傳後世，而我認爲該作有其値得流傳下去之處，實在不願看到它成爲絕響，於是在獲得原作者的授權後，我把《殺人小說》改編成本作《小說殺人》，希望讓更多讀者看到該作品，並且公開原著故事背後的一些眞相——在原著出版了兩年後，所有相關的司法程序亦已完結，似乎終於是合適的時間這樣做。

在改編本作的時候，我對原著（除原著作者序外）做出了適量的修改，以呈現出事情的眞相。爲免讀者和大衆有不必要的揣測或懷疑，我在此聲明，有關原著的修改和改編都是有根有據，作品中有關事實的陳述和人物的描寫皆是按照我所認知的眞相來撰寫，我並未做出刻意扭曲來達成任何有意或無意的意圖。

儘管如此，我也必須重申，無論是《殺人小說》還是《小說殺人》，它們都只是虛構小說，並不是眞人眞事，也不是改編自眞人眞事，原著作者冼嘉浚和本人均無意鼓吹或煽動任何人做出違法行爲（在現今的政治環境下，我相信大家應該明白這句話的用意）。

我在此引用本書開首的聲明：本故事純屬虛構，如有雷同，也眞的只是巧合，並沒有人把親身經歷寫進本書中，也沒有人眞的被這部小說殺害……

畢竟，出色的推理小說作家，才不會用自己的作品去殺一個人啊！

二〇二二年二月二十八日　星塵

小說世界

└→ 第一章〈殺意〉

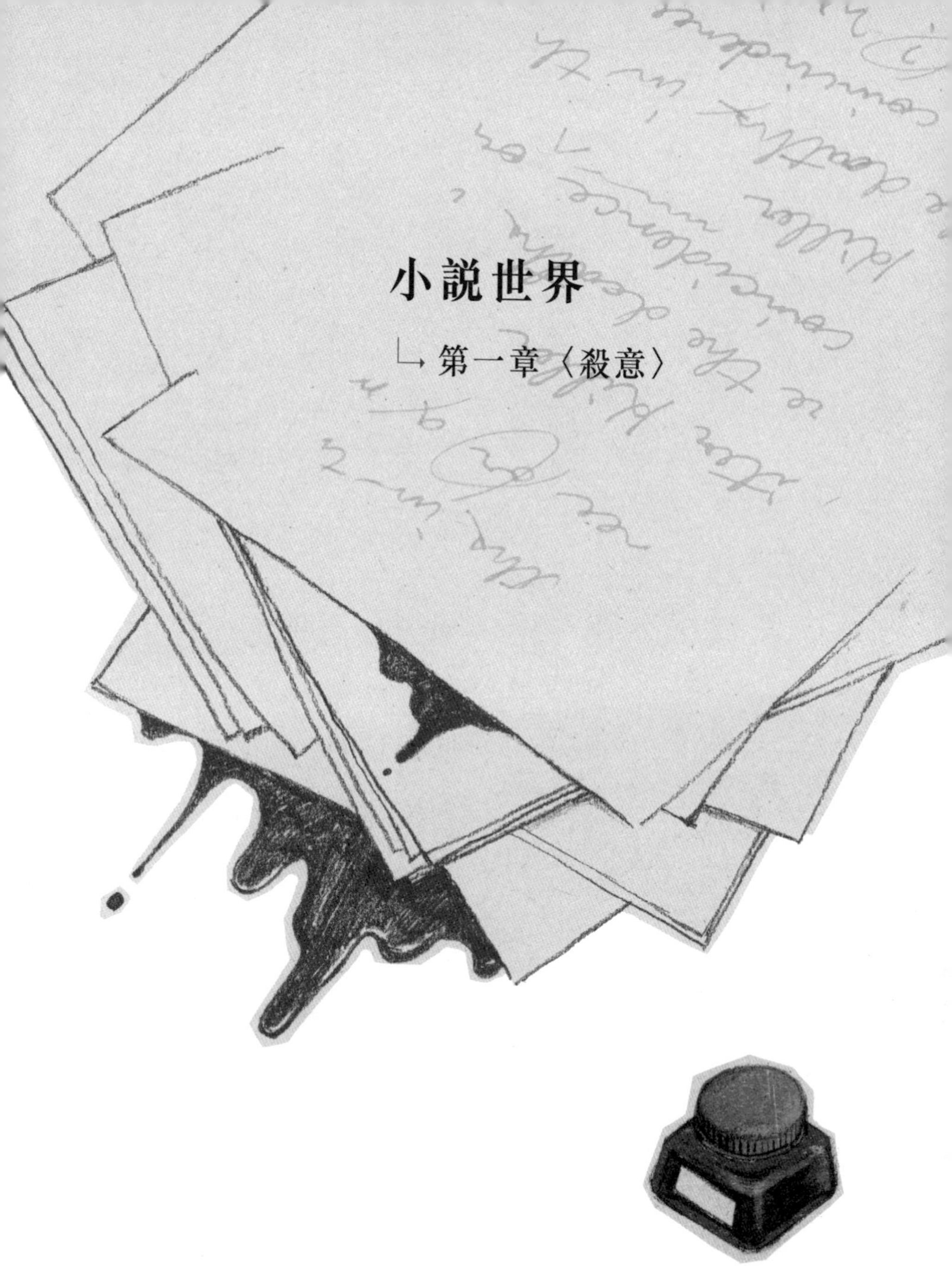

1

凌晨時分，夜深人靜，X市內的市民大都沉沉睡去，街道變得冷冷清清，只偶爾出現一、兩個路人披星戴月，趕著尾班車下班回家。

然而在這個城市看不見的角落處，仍有另一群人正在爲這個社會，或爲自己默默耕耘——包括這位剛年屆三十的作家。

爲了節省電力，房內的燈沒開，只有電腦螢幕發出微弱的光線，在漆黑中或明或暗地散射著。一名作家正埋首於電腦鍵盤前，絞盡腦汁地修改他的奇幻輕小說。

《胖勇者鬥瘦魔王（下）》是這部作品的名字。既然這是下冊，自然就有上冊。這名作家在九個多月前，即二〇一九年一月，有幸獲得M出版社的垂青，出版了《胖勇者鬥瘦魔王（上）》。能夠出版自己的著作，表面上是一件令人羨慕的美事，但實然上在他正式出道之前和之後，他的寫作路都是荊棘滿途。

他自小愛好流行文學，學校圖書館收藏的小說他幾乎都閱讀過。他尤愛推理小說，曾立志以創作推理小說爲終身職業。但X市的產業發展重金融輕人文，文學創作更被普遍認爲是最不賺錢的職業，網路上甚至因此流傳過一句話：「鼓勵別人去當作家，就是對他最好的報復。」在家人和學校的壓力下，這名作家最終在高中時被迫選擇了理科。

他對理工科目興趣缺缺，成績自然平平，高中畢業後只獲三流大學的生物學系錄取。他在大學裡同樣渾渾噩噩地度日，但X市理工類職業因為薪資沒有吸引力，乏人問津，他勉強畢業後，仍順利獲聘為醫藥研究員。

不過，他就職不久，就發現所謂的「醫藥研究員」只是美名，實際上只是實驗室助理，每日負責把不知名的細菌或病毒放進培養皿，然後定時觀察分裂狀況，點算並記錄數目，日復如是，沉悶得很。

他嘗試說服自己，醫藥研究本來就包括這種勞力密集且重複的工作，總得有人去做，很多諾貝爾醫學獎得主都曾經以年為單位做著同樣的事情。為了自我提升，他購入了醫藥研究的套書，又自行在家中添置簡單的研究和培殖設備，希望在公餘時增進醫藥研究的知識和技術，期望有一天能獲得晉升，工作就不再沉悶。

可是，他由始至終對科學研究沒有愛，只是一直勉強著自己繼續努力。倒是有一次，他在網路搜尋醫藥資料時，無意中發現網路小說興起，不少人在社交平台或討論區上發表及連載小說作品。當刻，他雙眼頓時閃出異樣的光芒，躍躍欲試。他彷彿覺得自己生於這個時代，就是為了乘上這科技的快車；活了二十多年，就是在等待這個黃金機會。

由那一天起，他一邊工作，一邊在網路各大小平台上張貼自己的作品。人家日出而作，日入而息，他則不分晝夜地忙於寫作及工作。然而在走上這條路之前他其實不曾正式寫過小說，開始認眞動筆後，就發現似乎將網路小說創作想得太簡單。他的起始之路並不順利，即使已出盡全力，他的首幾部作品網民仍然是不屑一顧，總是冷冷清清，沒有多少人閱讀和留言支持。但他眞心愛好寫作，無懼失敗，屢敗屢戰，甚至嘗試迎合讀者，改爲撰寫較受歡迎的輕小說。他不知道熬過了多少個無眠的晚上，坐在電腦前默默地敲著鍵盤，他在網路上連載的第五部和第六部作品——輕小說《修練了超暴擊八卦掌的鄰家老奶奶竟然是巨乳長腿班主任的終極剋星》及《在宇宙盡頭當上飼養了六萬五千五百三十六隻外星貓咪的四格漫畫家能夠賺大錢嗎？》——終於在網路上受到追捧。

在他還沉醉於喜悅之時，好事一波接一波，F出版社的編輯跟他聯絡，希望相約會面，商討合作事宜。當刻，他就如中大獎一樣，高興得不能自已，興奮得如小孩般大叫大嚷，幸好他當時已獨居，否則家人肯定會以爲他因鬱鬱不得志而瘋了。

數日後，他跟F出版社的編輯和總編輯會面，衆人言談甚歡，期間除了討論出版作品外，還談及他的未來發展大計，包括一年出版多少部著作、社交平台要如何經營等。出版社亦答應在會面後準備合約，盡快正式建立合作關係。一切看來相當順利，他滿心歡喜地回家，努力參考會面中的建議來潤飾作品，等待稍後作出版之用。

可是，機會來得快，去得也快。兩星期後，F出版社仍未有聯絡他簽約，他於是主動找編輯查詢，一問之下，竟發現合作計畫已泡湯，原來在那段時間，另一名網路作家異軍突起，風頭一時無兩，而且作品名字看來較健康，F出版社遂決定改爲跟該名新作家合作，而他則被火速遺棄了。

可幸他並未有氣餒。接下來，他繼續努力寫作，一年過後，他的第八部作品《胖勇者鬥瘦魔王》引起另一家出版社M的注意，這次他跟出版社終於順利簽成合約。由於作品內容豐富，出版社打算把作品分成上、下冊出版。

可惜的是出版社並沒有爲他的新作大張旗鼓宣傳。對M出版社這種大出版社而言，他實在太微不足道，只不過是亂石投林的投資項目之一。結果《胖勇者鬥瘦魔王（上）》銷量一般，只售出不到五百本。

作家明白，寫作路從來都不易走，要成功，就必須有破釜沉舟的決心。儘管他的創作資歷甚淺，但他自問看過不少書，在這些書的作者簡介中也不難發現，現今不少知名的作家其實在成名前都經歷過漫長的奮鬥，絕少是出道後就一炮而紅，而且還能持續站在高峰之上（一夜成名後急速滑落的倒是有不少）。

因此，他沒有爲銷量平平而灰心，反而把握機會，辭去工作，實現以寫作爲職業的夢想。專職寫作後，他的時間變得充裕了，除了小說外，開始不時撰寫散文及短篇故事，更開設了社交網站專頁，嘗試聚集更多的讀者。

在同一時間，他著手修改《胖勇者鬥瘦魔王（下）》，修改後的版本已在作家及編輯之間遊走了好幾次。明日，就是他們第三次會面的重要日子。

2

「你竟然在短時間內重寫了大半部作品？眞是相當有決心呢……」編輯瞪大眼睛一邊說，一邊翻閱著眼前的《胖勇者鬥瘦魔王（下）》。

二〇一九年十月的一個下午，M出版社的編輯跟作家正在X市內的一家咖啡館內見面，審閱著修改了三次的《胖勇者鬥瘦魔王（下）》。

其實早在同年一月中，即《胖勇者鬥瘦魔王（上）》出版後不久，作家已迫不及待把下冊的稿件呈交予出版社，畢竟作品本來就寫好了，只是覆一下稿，小修小補而已；作家亦希望作品能早日出版，讓讀者盡快欣賞到精彩結局。可是，當編輯收到稿件後，她就向作家表示上冊才剛出版，立刻出版下冊的話，讀者未必消化得了。作家雖然覺得一口氣出版上、下冊才是正道，但他自問對出版業的習慣不熟悉，不敢反駁，只好把事情暫時擱在一旁。

三個月過去，二〇一九年四月，作家仍沒有收到任何消息，於是主動聯絡編輯。編輯解釋，她初步看過稿件，覺得作品的文筆有欠通順，內容也不大精彩，建議作家修改。作家追問到底是哪部分出了問題，編輯卻支吾以對，說整體都有毛病。作家感到奇怪，因為上下兩部分寫於差不多時間，在網路連載時也未有間斷，照道理文筆不會有大差別，甚至應該有進步，上冊沒有毛病的話，不應下冊才出現問題。但他只是初出道的作家，不敢質疑編輯的專業，只好回去審視整部作品並潤飾一番。

同年七月，經過第二次修改的稿件再次送達出版社。編輯收到後，拖延了好一會，大半個月後二人才再聚。編輯稱讚修改後的作品文筆比之前的流暢，劇情亦緊湊得多。作家滿心歡喜，以為一切順利，然而就在此時突然氣氛一轉，編輯說作品雖然有不少優點，但主線劇情跟網路上連載的版本並無二致，擔心無法吸引看過連載的讀者掏腰包購買。作家愕然，直言上冊的主線劇情也沒修改，不能理解為何到下冊才有此問題。編輯辯稱下冊關係到結局，過往M出版社把其他網路小說出版成實體書時，都會大幅修改主線。作家沒留意其他人的作品，無法反駁，只好再次悻悻然收回小說重改。

然後又是三個月，即今日的會面。現在下冊的內容，無論是文筆還是劇情，都跟原來的版本大相逕庭。作家爲此付出了很大的努力，他亦自知這次已經是第三次會面，不希望繼續拖延下去。即使他平日不擅辭令，今日也決定要拚命遊說編輯接納稿件：「對呀，妳上次說劇情跟網路上連載的版本太相似，我於是大幅修改，令故事更加峰迴路轉。妳看，例如這一章，在網路連載時，胖勇者本來使出『泰山壓頂』輕易消滅了詛咒虎，但在這個版本中，他在戰鬥途中被詛咒虎抓傷中咒，體重驟降，必須吃三色蛋糕解咒，所以他們一行人在前往魔王城前，改道前往收集材料和製作蛋糕。」

編輯只比作家年長幾歲，但她這時用力地皺著眉，額上的皺紋明顯得彷若半百老人。她猶豫地說：「的確有點分別，但這種收集道具的劇情，似乎……」

作家察覺到不對勁，連忙進一步說明這部分的有趣之處：「這不是普通的劇情呢！勇者們本來要製作紅、藍、黃三色蛋糕解咒，但他們在途中才發現，所身處的大陸只有製作橘、綠、紫色的蛋糕材料，必須想辦法把這些材料先還原爲基本色。在他們傷透腦筋之際，隊中的僧侶提起她曾學習過初級鍊金術，可以嘗試協助，問題才得以解決。」

「唔……」編輯聽罷不置可否地噘了噘嘴，撥了撥長髮。

作家眼見未達成預期效果，只好加大力度，引另一章爲例子來說明自己的努力：「還有這章，他們一行人要挑戰冰龍，爲此，魔法師事前不斷修練火球魔法，以爲能抗衡冰龍。不料大魔王竟暗地裡派出巫師協助，在戰鬥開始時突然殺出，與冰龍爲伍並爲牠加強火耐性，令火球魔法傷害銳減，於是變成了以劍術爲主的戰鬥。而在危急關頭，魔法師從剛才巫師施法的動作中，領悟到屬性補助巫術，協助隊友加強冰耐性來減少傷害，終於有驚無險戰勝冰龍。」

「這個點子感覺不錯，我看得出你下了不少苦功。」編輯莞爾一笑，但作家只高興了不到半秒，編輯就改爲潑冷水道：「不過，我還得先去完成市場調查。」

從未聽過的術語突然出現，作家激動起來，提高音量問：「那是什麼鬼東西？出版上冊時我怎麼沒聽過？」

「我那時候只是沒告訴你，但我們也有做。」編輯回應：「市場調查就是研究當刻圖書市場的需要，例如最近流行什麼圖書、什麼書種較暢銷等，然後出版社配合調查結果出版相應的書籍，所以我們得先做調查，再找個適合的時機，才能出版《胖勇者鬥瘦魔王》下冊。」

編輯再次拋出出版業的習慣，作家根本無法得知是否眞有其事。他知道就這個話題再糾纏下去也不見得會有好結果，只好轉個方式問：「但上冊出版至今已九個多月，還要再找適合的時機，似乎拖太久了吧？」

「我明白，但沒辦法啊，不完成調查，書無法出版。」

「那麼調查要做多久？」

「這個嘛……」編輯思考了好一會才回答：「要看市場部的進度。」

作家當然不會就這樣放過編輯，繼續追問：「那一般而言呢？」

「我想要數個月吧。」

「那完成之後，又要再等多久？」

「如果時機適合，當然會立刻出版，但如果時機不對……」

「喂！」作家終於按捺不住，用力拍向桌子來打斷她。桌上的兩杯咖啡濺出了不少，也吸引了店內其他顧客的目光。不過，作家並未在意，反而進一步提高音量，以近乎威嚇的態度說：「我想提醒妳，下冊的出版合約我早就跟貴公司簽好了！」

不知道是編輯身經百戰，還是她早就料到這一著，她不慌不忙地回應：「我明白你的意思，但合約並沒要求出版社在什麼時間之內出版作品，倒是有說如果在十八個月內我們未有安排出版，你可以書面要求取消合約和取回作品的著作權。」

作家再笨，聽到這句話也不可能察覺不到編輯其實一直在耍他，之前說什麼修改內容、文筆等，只是爲不斷拖延下去。什麼市場調查，目的顯然一樣，而且這謊話更能無了期地說下去。

作家明白一切之後，不知道是嘲笑自己愚蠢，還是諷刺對方無理，他突然冷笑一聲，板著一副黑臉，不帶感情地問：「說到底，你們根本無意出版下冊了吧？」

「我不是這個意思，書我是很想替你出版的，不過……」

「夠了！」作家再一次用力拍向桌子：「不出版就算了，我也不稀罕你們這種不尊重作家的出版社！」說罷，他搶回稿件，丟下支付咖啡的數十塊錢，就頭也不回地離開了咖啡館。

3

作家和編輯的會面不歡而散。這時他已回到家中，對著電腦螢幕上的稿件發呆了好幾小時。

「欲哭無淚」是這時最適合形容作家心情的詞語。

黃昏時分，晚霞的餘暉穿過窗戶，把房間染成一片金黃。這個畫面作家無意欣賞，卻令他下意識地聯想到自己的寫作生涯，或許正跟眼前的夕陽一樣，美景將要消逝。

他細心分析過後，覺得現時的情況比得到M出版社的青睞之前更惡劣，因爲M出版社已出版了《胖勇者鬥瘦魔王》的上冊。雖說十八個月的期限一到，他能書面要求取回下冊的著作權，但拿回著作權又有何用，根本不會有其他出版社願意接手。一方面，M出版社只出版了上冊而不出版下冊，任誰都明白上冊銷量不佳；另一方面，新出版社如果接手，他們要爲此書打廣告嗎？那不就等於同時替上冊宣傳？讀者要找上冊時，要教他們去找另一家出版社購買嗎？這些疑問，都意味著下冊是難以在別處出版。

不過，下冊無法出版也不是最嚴重，更嚴重的問題是作家這幾年要如何生活下去，因爲他跟M出版社簽訂的合約中，還有另一項更麻煩的規定：他在合約開始生效的三年內，不得使用同一筆名在其他出版社或收費平台上出版和發表任何作品。即使他稍後取回下冊的著作權，上冊的合約依然有效，限制繼續存在。合約至今才生效了九個多月，那作家接下來的兩年多要怎辦？改以另一筆名繼續寫作嗎？不行，這意味著他之前努力累積的人氣全付諸東流。不出版任何新作直到限制結束？也不行，這不只等於銷聲匿跡、人氣盡失，更代表他將不會有任何收入支撐生活。

他已辭去工作專職寫作，接下來到底要去找兼職，還是找其他全職工作，單是想想也令他煩惱不已。

「叮！」這時電腦傳來提示音，原來有人在社交網站發訊息給他——

「你好！我想請問《胖勇者鬥瘦魔王（下）》會在什麼時候出版呢？我很喜歡這部作品，劇情緊湊，故事背後充滿哲理，還隱藏著大量伏筆及彩蛋，我每次重看都會有新發現，教人一看再看。上冊我已看了三次，實在很期待下冊呢！」

雖然這不是作家第一次收到類似的訊息，但「千金易得，知音難求」，他每次收到讀者的鼓勵，仍會萬分雀躍。這名讀者不但喜歡自己的作品，還用心細看，察覺到他精心隱藏在作品內的小趣味，更令他感到特別欣慰。

可是，當他看到讀者詢問下冊出版日期的問題時，又感到無奈和焦躁。雖然他此刻已有明確的答案了，卻不能直白相告，總不能對讀者說「下冊不會出版了」，這既辜負了一眾支持者的期望，更會打擊上冊的銷量；但要說謊或亂編藉口拖延，不就跟那可惡的編輯成了一丘之貉嗎？

作家思前想後，最終唯有採用X市政府高官慣用的伎倆，不直接回應問題：

「得知你如此喜歡《胖勇者鬥瘦魔王（上）》，實在令我受寵若驚。到下冊推出時，你必定會更加愛不釋手。」

作家以「到下冊推出時」來回應，卻沒有提及下冊會否出版以及實際將於何時出版，他自問這不算是謊言，只是沒有把話說得清清楚楚而已。

不過，作家想著想著，覺得總不能這麼簡單就讓編輯逍遙快活，留下他獨自捧著這燙手山芋。回想起來，當日是編輯親自找上門邀約出版，會面時拳拳盛意，又興奮地訴說著出版後的宣傳大計，作家才能一掃早前被F出版社遺棄的陰霾，與M出版社簽約並積極準備出版事宜，可是到頭來除了M出版社每年都會參加的X市書展外，就沒有什麼實質宣傳可言。現在那該死的編輯竟然不負責任，打算就這樣把他束之高閣，除了令他辜負一衆已購入上冊的支持者外，也罔顧了他的生計，實在不可原諒。

身爲一個對讀者負責任的作家，他斷不能讓作品的結局永埋黃土，也不能讓讀者失望，於是他下定決心，一定要讓下冊成功出版。

不管要付出什麼代價！

4

數日後，碰巧是一年一度「X市好書大獎」頒獎典禮舉辦的日子。對這名作家來說，這是最適合的反擊機會，因為他清楚知道M出版社每年都會獲獎，而且將由總編輯親自領獎。他認為只要能夠越過編輯，直接跟總編輯交涉，一切就好辦得多，畢竟總編輯要考慮的事情或許有所不同——事情如果鬧大了，外間知道M出版社出版有頭沒尾的作品，以及出版社欺壓作家簽下不平等合約一事曝光，對出版社的名聲似乎沒有半點好處。而且，他覺得總編輯將屆耳順之年，應該是較好說話的那一種老頭。

活動當日，作家按照計畫，不動聲色地混入觀眾席之中。M出版社的總編輯跟他只有一面之緣，他相當肯定在自己表明身分前，對方不會察覺到他的存在。不過，他不知道編輯會否也在場，為了避過耳目，他故意穿著不顯眼的深色衣服，又以鴨舌帽及口罩遮掩容貌。他也有想過戴上墨鏡，但又覺得在室內佩戴反而會更加引人注目，最終放棄了。

現在距離頒獎典禮開始還有十分鐘，所有相關人士理應已到達現場。作家環視四周，在最前排的一列座位處找到了總編輯的蹤影，坐在他身旁的好像是兼任祕書的市場部主管，至於那名編輯則未見蹤影。

「太好了。」作家心想，一切都如計畫般順利進行。

不久，頒獎典禮正式開始，司儀走到台上，先介紹這個獎項的背景及甄選準則，然後開始頒發各個獎項。各頒獎嘉賓、出版社代表和得獎作者陸續上台領獎，眾人展現著歡容拍照，好不高興。

坐在台下的這名作家當然無心觀看，只拚命盯著總編輯，等待最佳的時機接近。他呆坐在場內越久，心中的怒火就燃燒得越旺盛。他想起自己的書《胖勇者鬥瘦魔王（上）》正是於這年內出版，出版社卻沒有提名它參加「X市好書大獎」，肯定是編輯懶惰之故。

此刻他確信今日來得沒錯，誓要把握機會去總編輯面前參她一本！

良久，頒獎典禮終於步入尾聲，司儀宣布即將要頒發「X市年度最佳出版社大獎」。雖說這是整個頒獎典禮中最大的獎項，結果卻是最沒有懸念的，因為這個獎項由X市三間最大的出版社聯合舉辦，所以年度大獎總是由這三間出版社輪流「奪得」，今年剛好輪到M出版社。

果不其然，頒獎嘉賓宣布M出版社得獎了，總編輯裝作驚訝，興高采烈地走到台上接受獎項及眾人的祝賀。完成了一切程序，他正要下台之際，作家這時把握全場最高漲的氣氛，從觀眾席快步走出來，在總編輯返回座位的必經之路上攔截。他估計，總編輯領取年度大獎後的心情極佳，這時找對方商討的成功機會最高。

雖然作家早前跟M出版社的編輯談不攏，但現在他有求於總編輯，而且他相信事情跟總編輯無關，於是收起臭臉，微笑並有禮地道賀：「恭喜貴社奪得年度大獎。」

總編輯領獎時在臉上綻放的笑容突然消失，並仔細打量著眼前擋路的作家。

作家相信對方認不出自己，打算趕緊自我介紹：「我是……」

可是，他的話還未說完，總編輯就板起臉，打斷他的話道：「我認得你，你是《胖勇者鬥瘦魔王》的作者。」

對方竟然知道他是誰，作家有點受寵若驚，不禁暗喜，靦腆地傻笑回應：「對，想不到你會認得我呢，哈哈！」

不過，作家完完全全地誤會了，對方的這番話毫無善意可言。這時候，總編輯原本已板起的臉變得更黑更陰沉，不快之情盡露臉上，連語氣也變得不客氣起來：「我理應不認得你，但那該死的編輯最近終日纏著我，說要履行合約幫你出版下冊，我才會回憶起你的樣子。現在看到你，我已覺得厭煩！」

「咦？」事情的發展並非如作家所想，他以為越過那拖拖拉拉的編輯，什麼事都能商量，怎料總編輯看來很討厭他，更不經意提起了出版社內部的磨擦。原來那編輯竟然一直都希望履行合約？那為何下冊無法出版呢？

作家一時間想不通事情的始末，只好繼續保持禮貌地追問：「抱歉，我不明白，既然編輯也想替我出版下冊，那爲何會一直僵持著呢？」

總編輯的情緒變得更加暴躁，啐了一聲，跺了兩下腳，更向作家翻了下白眼才道：「想不到你的理解能力這麼低，既然你不識趣送上門，我也無須對你客氣。」

作家怔了一怔，總編輯無視四周沉浸在歡愉氣氛的來賓，毫不客氣地對作家冷嘲熱諷：「就是因爲你那本垃圾上冊賣不到五百本，害出版社虧本，我才堅決不讓下冊出版。是我！一切都是我指示編輯阻撓及拖延你，那你明白了吧？編輯當日向我推銷你的作品時，還說它在網路上大受好評，我眞懷疑之前那些什麼網路連載排名、追蹤人數等，其實都是你買回來的！」

「喂！」聽到如此不禮貌的抨擊，作家再也按捺不住，反擊道：「話不能這樣說，是因爲新書缺乏宣傳，才會賣得如此不濟。」

M出版社的市場部主管察覺到氣氛不妥，已走到總編輯身旁。總編輯平日習慣了所有人都對他阿諛奉承、千依百順，現在聽到作家竟出言反駁，瞬即暴怒起來。幸而市場部主管趕到拉著他，否則他應已揮拳擊向作家。

市場部主管不敢得罪總編輯，只好引開他的注意力說：「總編輯，我們差不多要上台拍大合照了。」

「哼！」總編輯瞪了作家一眼後，冷笑著道：「你以爲我們是開善堂的嗎？會幫你無償宣傳嗎？呸！宣傳也要錢，錢砸下去但書賣不了，不就虧更大？所以，話我就直說好了，我們要止損離場，下冊我們不會出版，除非有一天你成爲了當紅作家，我們到時再履行合約吧，呵呵！」

「請各嘉賓及得獎者上台拍照留念。」司儀宣布的聲音這時傳來，總編輯於是無視作家，和市場部主管前往拍照。

作家仍愣在原地，久久不懂反應，他的心思完完全全被總編輯的話佔據了。原來編輯在這段期間諸多留難，全因受到總編輯的指示，編輯其實也很想替他出版下冊，可惜過不了總編輯那一關。他又想起，編輯第一次跟他見面時說的宣傳計畫，後來全都沒有實行，也應該是因爲總編輯反對。他這時才驚覺自己錯怪了一直提攜他的編輯，眞正的罪魁禍首原來另有其人。

他又忽而憶起，早幾個星期，有另一名作家在網路上大吐苦水，說跟出版社簽約後一直未能出版書籍，著作權卻被綁，不知如何是好。想起來，說不定該名作家也是跟M出版社簽了約。

作家抬頭望向台上，看到總編輯拍照時春風得意地笑著之餘，還不時故意望向作家，彷彿在嘲諷作家對他無可奈何——只要我一日坐在總編輯之位，你的《胖勇者鬥瘦魔王（下）》就絕對無法出版！

作家越看越不爽。他明白這樣繼續下去的話，不但會辜負購買了上冊的支持者，其後的兩年多他還會因合約的掣肘而無法維持生計。而且，這種賤人輕視作家的心血，侮辱創作者的尊嚴，若繼續在位，只會令更多人受害。

在各種情緒的相互纏結下，作家的內心傳出各種聲音，有屬於他自己的，有屬於讀者的，也有屬於那個總編輯的——有些是他真實聽過或說過的，但也有一些只是他幻想出來——

「我的小說不能無疾而終！」

「加油啊！我很想快點看到《胖勇者鬥瘦魔王》的結局。」

「就是因爲你那本垃圾上冊賣不到五百本，害出版社虧本，我才堅決不讓下冊出版。」

「我不能讓購買了上冊的支持者無法看到結局！」

「我很喜歡這部作品，劇情緊湊，故事背後充滿哲理，還埋藏著大量伏筆及彩蛋。」

「一切都是我指示編輯阻撓及拖延你。」

「我不能放棄專職寫作！」

「我每次重看都會有新發現，教人一看再看。」

「我眞懷疑之前那些什麼網路連載排名、追蹤人數等，其實都是你買回來的！」

「我不能讓其他創作者受害！」

「上冊我已看了三次，實在很期待下冊呢！」

「只要我一日仍坐在總編輯之位，你的《胖勇者鬥瘦魔王（下）》就絕對無法出版！」

「出版你的書，簡直是破壞林木，浪費地球的資源！」

「你這種廢物，還是滾回實驗室，永永遠遠地點算細胞較好！」

這些聲音猛烈衝擊著作家，他的思緒陷入前所未有的一片混亂。對創作的熱誠、對讀者的愛、對總編輯的怨恨，三者在頃刻間混爲一體，在他的腦海內不斷盤旋和對抗，彷彿天使和惡魔在互相爭奪著他的靈魂。然而不一會，怨恨急速擴張，把熱誠和愛的力量都一一掩蓋，怒火在怨恨的助燃下，一發不可收拾，形成無人可擋的火龍捲，將作家的理智及靈魂完完全全地吞噬了。

惡魔支配了作家的整個身體、心智和靈魂。他下定決心，誓要把總編輯拉下馬，而且一不做，二不休，要確保對方今生今世都無法繼續在出版界立足，絕不能讓對方遺禍人間。

不過，作家清楚知道，以他現在的身分和地位，這目標幾乎不可能用正常方法達成。然而他早就有所覺悟，不管要付出什麼代價，甚至把靈魂賣給魔鬼都不怕。

而現在他想到能達成這個目的的唯一方法，就是——

把總編輯幹掉！

現實世界

└→ 第一章〈弦外之音〉

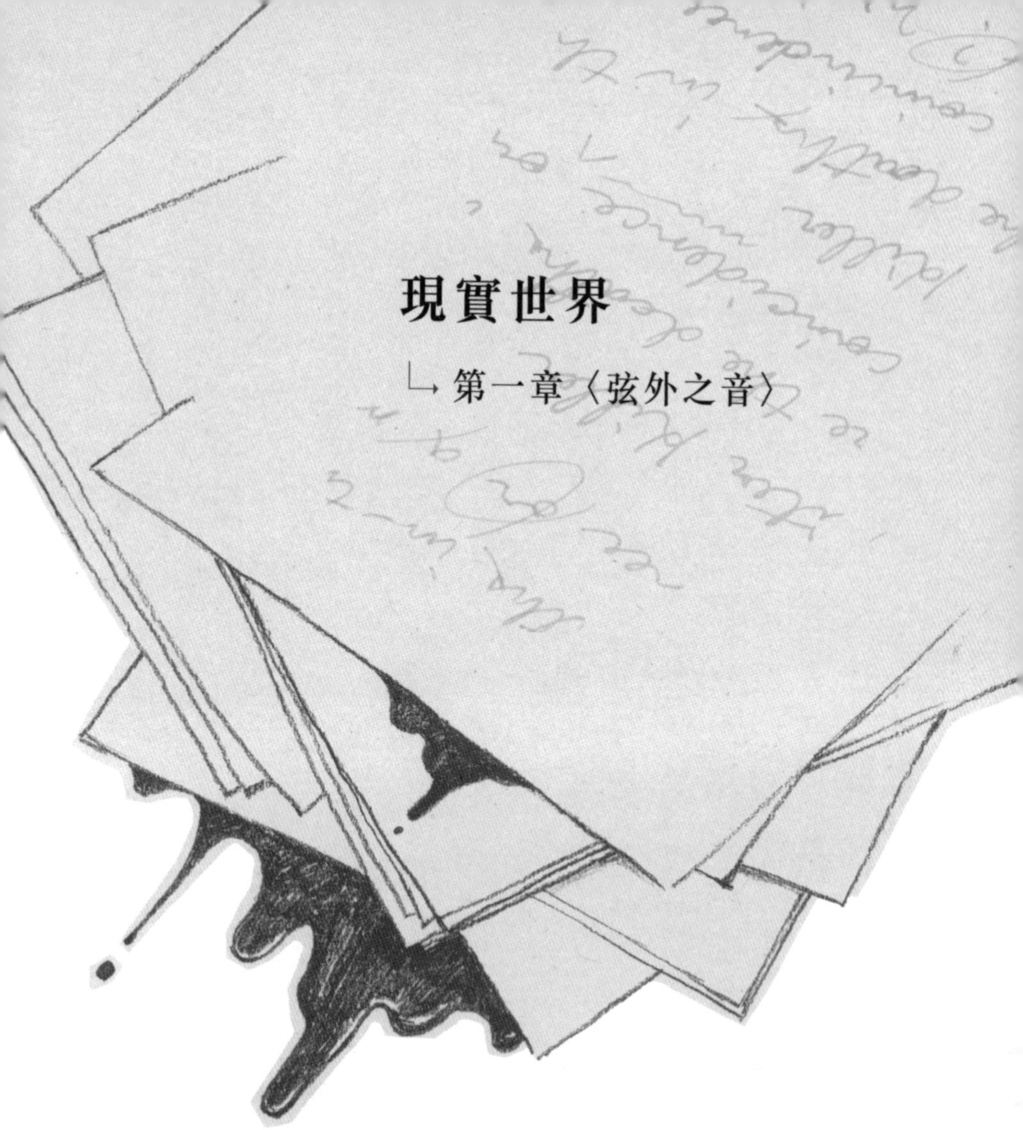

「背景設定得不錯，不過你不覺得故事中的作家這樣就動了殺機，有點太誇張了嗎？我實在很懷疑，一般人會否只因爲作品下冊無法出版，就計畫殺人。」黎麗娟剛翻閱完《殺人小說》的第一章，抬頭望向冼嘉淩問。

在香港的一家茶餐廳內，日長出版社的編輯黎麗娟正在跟她負責的作家冼嘉淩會面，商討著新作的方向。

冼嘉淩是一名新近出道的作家，現年三十歲，幾年前開始在網路上連載小說，作品類型以輕小說爲主。黎麗娟看上了他的第八部作品校園輕小說《千年殺戮》，邀請他出版作品。由於作品篇幅較長，出版社計畫分拆成上、下兩部出版，也已於二〇一九年一月出版了上冊。

《千年殺戮》的名字表面嚴肅，作品實質非常幽默而且情色味相當重。故事講述一所高中的學生被「阿魯巴之神」選中，被迫參加一場奇怪的對決，取勝方法是靠刺激對手的敏感部位，直到對方受不了而投降。作品中出現大量超越一般人想像的可怕「武器」和「絕招」，在描述女角色遭受攻擊時的掙扎和痛苦尤其細緻及深刻，因此在連載時獲年輕男讀者的熱烈追捧。

可是，日長出版社的出版物大都以學生爲目標讀者，平日深受家長和老師的支持，學校訂購一向是他們其中一個重要的銷售通路。爲免影響出版社的聲譽及其他書籍的銷量，《千年殺戮（上）》在出版時遭到大幅修改，跟性有關的描述幾乎無一倖免被刪掉，故事的連貫性也多少受到影響。冼嘉浚的支持者戲稱《千年殺戮》的紙本書版本為閹割版，當中的「閹割」在這裡可謂語帶雙關。

由於作品中最引人入勝的部分蕩然無存，不少看過網路連載、本來打算購買紙本書來收藏的支持者都打退堂鼓，結果上冊只賣出約五百多本。

書籍銷量不濟，加上作品遭到大幅刪改，冼嘉浚感到非常憤怒和不忿。不過，他清楚知道這全是總編輯的意思，因為黎麗娟說她是非常支持這部作品的。她雖然比冼嘉浚稍微年長幾年，但並沒有對這部輕小說反感，反而覺得在這個表面充滿情色的故事內，實質隱藏著很多性教育資訊，以及宣揚每個人都要好好保護身體的訊息。她認為要吸引讀者注意從而宣揚正確訊息，有時候就是要有點噱頭。

為了下冊能夠順利出版，冼嘉浚和黎麗娟在這幾個月來已多次見面，討論作品的修改方向。可惜經過九個月的努力，他們都無法通過總編輯那一關。那個年近花甲的總編輯彷彿是一座古老石山，怎樣都難以攻破。上個月第三次修改被打回來後，冼嘉浚已擱置《千年殺戮（下）》的出版計畫，改為撰寫全新的推理小說。現在，即二〇一九年十一月，冼嘉浚改為提交他的首部推理小說《殺人小說》第一章給編輯黎麗娟看。

對於黎麗娟質疑故事中作家的殺人動機是否充分，冼嘉浚不慌不忙地喝了口冰奶茶，慢慢解釋道：「沒錯，對一般人，也就是非創作者來說，爲了作品下冊無法出版就殺人似乎有點難以理解，但對創作者來說則不然。妳經驗老道，跟不同作家相處得多，應該多少明白，在所有創作者的心裡，都必須蘊藏著巨大的執念，才有動力去反覆琢磨出心目中完美的作品。」

「在《殺人小說》內的作家，他的上冊出版了，下冊卻無法面世，他一定非常痛苦。一方面，他覺得自己辜負了用眞金白銀購買上冊的讀者；另一方面，這亦關乎到他的生計及寫作生命。而這一切，全因總編輯一個人誤事。作家辭去了全職工作，已沒回頭路可走，在苦無辦法下鑽牛角尖而動了殺機，也並非不可能啊！」

黎麗娟聽罷解釋，內心閃出一絲不安，但她很快就恢復過來，並提出另一道問題：「不過，即使我接納這個原因，這部作品初步看來還有個更大的問題，就是故事的背景跟你的遭遇太相似，我擔心會影響到你。」

「誠然如妳所說，那的確跟我的遭遇幾乎一樣。」作家又喝了一口冰奶茶來潤喉，才繼續道出心意：「但正因如此，我才能寫出故事中作家的心情及痛苦。而且，我希望透過這個故事，引起社會關注出版社與作家之間的不平等關係，讓更多人了解有些作家在出版社的控制下，根本沒有創作自由及受到何等的壓迫。我藉著親身的遭遇，就更容易打動別人及令人信服。」

「這樣嘛……」黎麗娟打算反駁，卻一時間想不出理由。如果讓冼嘉浚把自身的經歷寫出來，讀者不就會知道日長出版社的不堪嗎？儘管文中以另一名字M出版社代替，但也不難猜到。這對日長出版社以致整個出版業來說都不見得是好事。

黎麗娟支支吾吾了好一會，勉強想到對策：「你的出發點很好，作家的確很常受到壓迫，但畢竟熟悉寫作圈生態的人很少，這個話題太沒有公共性，大眾不容易理解；沒有共鳴，書就不會暢銷啊！」

冼嘉浚直視著對方，堅定地說：「正因為大眾不容易理解，即使把事情鬧大也不見得會吸引到媒體報導，所以我只能以這個方法解決。」

黎麗娟側了側頭，以為自己聽錯了，怎麼對方剛才的話如此不合邏輯？事情不易理解，媒體不會報導，所以只能這樣解決，這是什麼意思？他們不是在談小說內容嗎？難道她剛才打了盹，話題扯到其他地方去而沒有留意？

然而，黎麗娟再想了好一會後，終於聽出了弦外之音，也明白為何小說的背景會跟現實如此相似。她緊張得瞪大眼睛，幾乎是胡亂大喝：「喂！你這樣……這樣寫，實……實……實在太魯莽了！」

冼嘉浚卻保持冷靜，反問對方：「那妳說說看，我應該怎樣『寫』？」

「總……總而言之……」黎麗娟想不到答案，只好拖延道：「我們還是先冷靜一下吧？」

「也對，總比不歡而散好。」

「哈……哈哈……」黎麗娟憶起小說內的情節，明白對方的意思，只好以笑帶過。她同時轉移話題，指出故事中的一個問題，希望藉此讓對方不要再執著於這個故事：「不過，現實中的總編輯情緒平穩，不會輕易暴怒，也極少跟人正面起衝突。他倒是喜歡冷嘲熱諷，例如聽到不合心意的話，有時會輕拍自己的耳朵來諷刺人家的說話不堪入耳。」

黎麗娟這番話本來打算引開話題，卻反而引起了冼嘉浚的注意，他好像聽到什麼重要線索般，若有所思。他沉默了半晌才道：「說起來，我也看過他輕拍耳朵的動作，似乎是他的習慣呢！」

「可能吧，哈哈。」黎麗娟聽到對方沒再提起可怕的話題，終於鬆了一口氣，拿起她至今仍未觸碰過的咖啡來喝了一口，左手戴著的酒紅色水晶手鍊出現在冼嘉浚的視線之中。

冼嘉浚好奇地問：「妳喜歡水晶嗎？」

「對。」黎麗娟說起自己的興趣，輕鬆地說：「我不只喜歡，而且很有研究，由水晶的功效、所屬晶系、成分、硬度到代表的誕生月份等，都非常熟悉呢。」

「那麼這條手鍊是什麼？有什麼功效？」

「這是石榴石，有『女人石』之稱，能促進血液循環，對血氣不順、生理痛等特別有舒緩作用。」

「那應該不便宜吧？」

「石榴石只是中價水晶，不算很貴。而且，這是一位老朋友送給我的。不過，你是理科出身，應該會覺得水晶是不科學的東西吧？」

冼嘉浚笑了笑道：「我覺得水晶的效果被商人誇大了，實際上主要是安慰劑效應，以及因佩戴者相信有功效而變得自信，從而發揮出自身本來就擁有的能力。」

黎麗娟雖然是水晶愛好者，但並沒有不高興，反而想更了解對方的想法而追問：「那即是沒用吧？」

「那倒不是，能產生安慰劑效應或令佩戴者自信就已經是有功效了。我覺得只要不過度神化水晶和懂得節制就好。其實以飾物的角度來看，水晶也很漂亮呢！」

「沒想到你對水晶有如此有趣的看法。」黎麗娟察覺到要談的東西都已談過，遂建議：「時候也不早了，那麼我們回去後，各自再想想新故事的方向吧。」

冼嘉浚同意。二人約定一個月後在這裡再次會面。

小說世界

└→ 第二章〈同謀〉

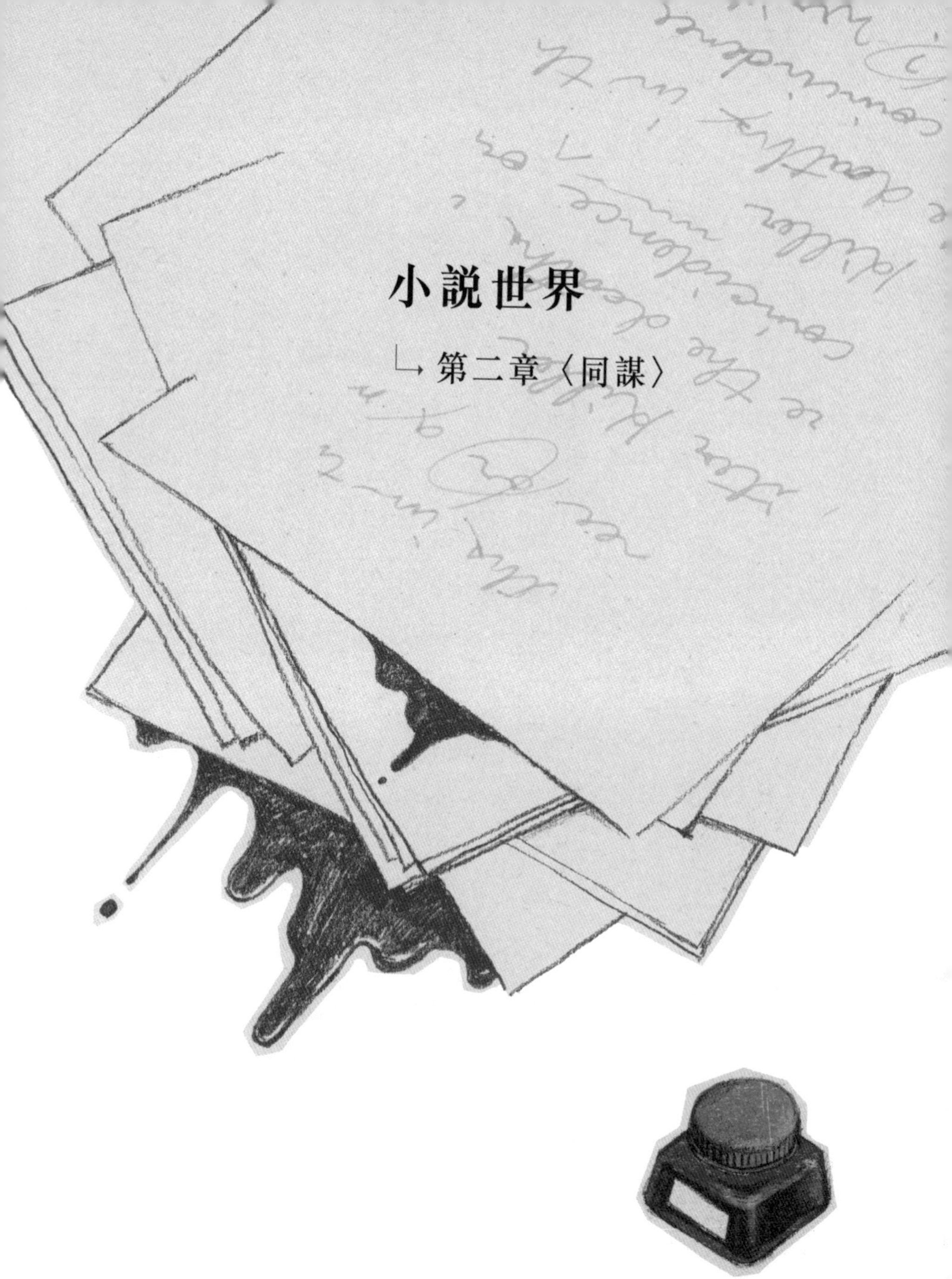

1

歪念一旦在腦海中扎根萌芽，就難以割捨，也揮之不去。

自從作家對總編輯動了殺機後，他就不再花心思在創作上，而是一天到晚鑽研殺害總編輯的方法，因爲作家清楚明白，只要總編輯一日在位，他的《胖勇者鬥瘦魔王（下）》及其他作品都無法面世，再努力寫作都只是徒勞無功，還是先解決總編輯要緊。

作家過去雖然主要撰寫輕小說，但他平日最常接觸的是推理故事，他本來曾打算以此類型爲寫作方向，只是考慮到出版市場的情況才改爲集中創作輕小說。從他平日閱讀推理小說的經驗，他明白要找到行凶機會，首先要熟悉目標人物的日常生活及習慣，他決定先到出版社附近守候，監視總編輯的一舉一動。

監視行動的第一日。

M出版社的辦公時間是早上九時至下午六時。由於作家未清楚總編輯上下班的習慣，他於是早了一個小時，在早上八時就到達出版社附近。

他站在出版社所在的工業大廈之時，忽然回憶起曾在教科書內讀過的X市歷史。在一九五〇至一九八〇年代，工業曾是X市經濟發展的重要支柱，工業大廈也成為了X市的特色之一。在一幢幢的工業大廈裡，集合了各式各樣的工廠和廠房，包括紡織、玩具、電子、塑膠、食品等。而這些工業大廈集合起來，就成為工業區，分散在X市的不同角落。然而到了一九九〇年代，因為成本問題，工業陸續外移到C國，工業大廈出現大量閒置空間。後來X市政府推出活化工業大廈政策，容許工業大廈用戶無須申請，可改作部分非工業用途，包括藝術工作室、創意產業辦公室、研究所等。

比對這段歷史，他想起X市的出版業也曾經風光一時，暢銷作家新書銷量動輒過萬，但一切俱往矣，如今新作能平穩地賣出一千本已算不俗。他不禁慨歎，如果他出生在正確的時代，或許他現在可以專心致志地在家中寫稿，而不用站在這裡想著血腥的事情。

他從感慨中回過神來，覺得自己太顯眼了，編輯或總編輯都認得他，他們經過時不就會露餡嗎？他左顧右盼，發現在大廈的對面有一家中式餐館，從該處可清楚看到大廈的入口，他於是移師至該處監視。後來他更發現總編輯的房間剛好對著餐館，他只要利用望遠鏡向上望去出版社所在的樓層，即可在中式餐館內大致看到總編輯的舉動，這間中式餐館因此成為了他及後大部分時間的「觀察站」。

為免一直望向室外而惹人懷疑，他一邊品茗，一邊裝作讀報。可是，他看了大半份報紙，喝茶都喝得肚子脹，仍未留意到總編輯出現，甚至連編輯的身影也看不見，作家不禁懷疑自己去錯了地方。然而他在手機查找過後，證實地址沒錯，大廈名稱也沒錯，那爲何已經九時多，還未看到二人的蹤影？

不過，皇天不負有心人，將近十時，作家終於看到編輯出現。但說來奇怪，編輯上班遲到，卻從容不迫地走著路，完全沒有一般人遲到的焦急窘態。而總編輯就更誇張，到十時半，才拿著早餐慢條斯理地現身。

「這家出版社的人怎麼搞的？」二人上班都遲到了，卻毫不在意，作家對此不禁納悶，嘆了一大口氣。這家出版社看來毫無紀律可言，原因和不少典型的腐敗組織一樣——上樑不正下樑歪。

2

苦悶的監視最終持續了一整個月。

作家原本計畫只花一星期時間，怎料實際執行起來後，卻發現要確切掌握一個人的生活規律，只觀察幾次並不夠。爲免到正式行動時才出岔子，作家還是決定保守一點，多觀察了一段時間。

不過，說起來，總編輯的生活其實並不複雜，更準確地說，他的生活實際上非常沉悶，基本上每日如是。總編輯平日的生活習慣，作家觀察了不到一個星期，已瞭如指掌；他之所以還要繼續觀察下去，主要的問題出於週末，以及他想看看總編輯出席一些特別活動時的情況。

先說工作天。平日要上班且無須外出開會或出席活動的日子，總編輯的行動幾乎一模一樣。他必定會遲到一個半小時，上午十時半才上班，然後準時下午六時下班，中間包括午飯時間，都不會離開辦公室半步——他每日都會帶著由妻子準備的愛心便當上班，無須外出用膳，也方便他吃過午飯後能午睡片刻。正因爲他的行動如此規律，出版社的其他同事才會有恃無恐地遲到，他們深知只要在上午十時半前進辦公室，就不會被發現；同時所有人在午飯時間一定會離開辦公室，因爲沒有人想在午飯時間還要對著這「討厭的總編輯」。

M出版社內幾乎所有同事都討厭總編輯這點，也是作家在監視期間發現的。在這一個月，編輯部的員工有兩日一起到公司對面的中式餐館，即作家的「觀察站」吃午飯。作家沒有放過機會，嘗試以報紙遮掩住自己，靠近他們，偷聽衆人的談話內容，沒料到他們大部分時間都是在說總編輯的是非來洩憤。據說，總編輯平日情緒起伏極大，時而沉鬱不歡，不想跟任何人溝通；時而脾氣暴躁，對下屬呼呼喝喝，說話不禮貌又刻薄。總編輯這種起伏不定的情緒，令出版社上下都怕了他，沒必要都不想跟他說話。

在「X市好書大獎」頒獎典禮當日，市場部的主管曾主動引開了總編輯的注意，避免了總編輯和作家打鬥。作家曾以爲這位員工是少數不討厭總編輯的人，但他猜錯了。在其中一次編輯部到中式餐館的聚餐之中，她也有出席，期間剛巧提到那次的事時，她表現得很不高興，批評總編輯明明是有頭有臉的人，怎麼可以不顧身分公開跟作家吵架。她當日會主動出手，是因爲她知道如果她不主動勸阻，萬一總編輯眞的出手打人而釀成公關災難的話，事後肯定會怪她沒有阻止作家接近，麻煩終究會算到她的頭上。

平日總編輯會離開辦公室的唯一原因，就是去參加會議或頒獎典禮等活動，就如早前出席「X市好書大獎」頒獎典禮。不過，他在出版業界同樣聲名狼藉。在這個月內，他共出席了三次會議或活動，但每次活動前後，作家同樣偷聽到其他人說盡他的壞話——他自恃是大出版社的總編輯，總是看不起其他規模較小的出版社，目中無人；舉辦活動時任人唯親，又經常出言操控及干預獎項，希望頒予和他相熟的人。

總編輯除了日常待人接物令人討厭之外，在工作部分也有問題。在出版社的業務上，總編輯凡事只懂向錢看，從不考慮作品的文化及社會價值。雖然出版社是商業機構，考慮能否賺錢也無可厚非，但書本有其文化屬性，作家不能完全認同總編輯這種做法。另外，總編輯偶爾遇上出版選材剛好是他不熟悉的內容時（例如有關衣著潮流、網路紅人等），又會意見多多，甚至說看不懂而否決出版，這都令一眾編輯在工作期間很容易洩氣和感到困擾。

經過這段時間的觀察，作家認清總編輯在工作上原來是個徹頭徹尾的大壞蛋，並不只是對他一人差，簡直是到了人人得而誅之的程度。作家的殺人計畫，現在看來已非只是解決個人恩怨這麼簡單，事成的話其實也是爲出版界除一害，大快人心。

這就是作家留意到總編輯的日常行動。到了假日，作家則看到總編輯的另一面，儘管嚴格來說可能算是更過分。

3

作家早前曾數度跟蹤總編輯下班回家，從而得知其住所位置。在週末及週日不用上班的日子，作家的監視陣地就改爲總編輯的家附近。

不過，作家在這邊的監視就辛苦得多，因爲附近沒有適合長時間逗留或能用作監視的地方，所以他只能一直在附近徘徊，而且總編輯在假日的行動非常沉悶，也令他相當氣餒。

作家之所以花了一個月監視，最大的問題正是來自假日，因爲在這四個星期合共八個週六日中，有五日總編輯是完全沒有外出，而且外出的日子也沒有規律可言。不過，他即使外出，亦只是陪伴妻子而已。

其中有兩次外出，他是跟妻子共進晚餐。他們二人步進餐廳後，幾乎所有事情都由妻子代勞：點菜、呼喚侍應生、結帳等。他只是呆坐著或滑動手機，一臉鬱鬱寡歡的樣子，二人之間的交流亦相當有限。

另一次外出則是陪伴妻子購物。妻子似乎是想添置新衣，當日二人到達大型商場後，走訪了多間時裝店，妻子也試穿了不少衣服及詢問丈夫意見。作家沒有進店，聽不到總編輯的回應，但從表情看來，他對此興趣缺缺，一副唯唯諾諾、隨隨便便的樣子。不過，在他們走進最後一家店時，他卻忽然大發雷霆，怒罵店員，聲音之大，連店外的作家都能聽到，只是聽不到實際內容。妻子見狀馬上把衣服放下，非常緊張地把丈夫拉走回家，卻沒有露出絲毫不滿的情緒。

作家對他們二人的相處感到困惑。總編輯在妻子面前，就像個沒有主見的窩囊，跟平日那種目中無人和高傲上司的模樣大相逕庭。妻子看來不是很強勢的人，又沒有展露不悅之情，照道理不像是會反過來控制總編輯的人。

觀乎二人的關係，作家看得出妻子很緊張和照顧丈夫的感受，但總編輯對妻子卻有點漠不關心，看來他們二人只剩下一人還認真耕耘著這段婚姻關係。

無論如何，作家總算看到了總編輯的另一面。總編輯在家庭上，雖不至於是壞蛋，但也不見得盡責，作家要殺害他的決心並未有動搖。

總結這四個週末的監視，作家認爲假日不是下手的好時機，因爲總編輯的行蹤過於飄忽，難以做周密的部署。這樣看來，行動要定在工作天進行。

4

監視結束，作家正式開始構思殺害總編輯的計畫。

X市是人口高度密集的城市，不要說是大街，即使是小巷，除了深夜之外幾乎整天都會有人經過，所以X市的罪案率很低，並不是歸功於執法機關能幹，只是因爲環境擁擠令罪犯不容易逃脫法律的制裁，因而減低了犯罪意欲而已。

總編輯平日的生活模式刻板，上下班的時間固定，而且通勤時都走相同的路線，要埋伏並不困難。可是，他只搭乘大衆運輸工具上下班，到處都人多得摩肩擦踵，要在大白天不爲人知地殺害他，卻一點都不簡單。作家清楚明白，這次行動除了要報仇外，還得全身而退，否則成功得手卻身陷囹圄，一切都是枉然，不但下冊依然出版不了，寫作生涯也會提早終結。

作家越細心思考，就越覺得事情不妙，似乎無從下手。難道總編輯的日常生活眞的毫無破綻可言？所以他才會如此氣焰囂張，因爲根本不怕人家報復？不會的！作家相信「天網恢恢，疏而不漏」，任何壞人最終都一定會受到懲罰，儘管正在犯案的其實是他，這句話似乎有點不大適合。

作家回想起這一個月，他把所有時間都花在監視總編輯上。困在中式餐館二十二天、徘徊住宅區八天，那種苦悶及痛苦歷歷在目，絕對不能讓這一個月的時間白白浪費。

就在這時，他突然靈機一動，回憶起在這一個月讀過的報章內（他最初的確是裝作讀報，但後來開始認眞閱讀打發時間），發現了一件有趣的事。原來在這段時間，鄰接X市的C國正受到「跂踵病毒」肆虐。

跂踵出自《山海經》，是傳說中的一種怪鳥，外形跟貓頭鷹相似，但只長有一隻爪，還有一條豬尾巴。相傳跂踵在某個地方出現，該地就會發生瘟疫。在這種病毒肆虐前，C國恰巧有人目擊到這種怪鳥，並在網路上瘋傳照片。儘管無人能證實其眞僞，但一向迷信的C國人確信病毒是由此怪鳥帶來，遂以跂踵來命名該病毒，病毒的正式名稱則被民衆拋諸腦後。現在，C國全國人民幾乎都成爲跂踵病毒的感染者，X市亦已下令禁止該國人士及產品入境。

不過，這件事會吸引作家注意的原因，是即使C國全國人民幾乎都是感染者，死亡人數卻非常低，一方面當然是因爲該國以往慣於虛報天災人禍的傷亡數字，但另一方面也是因爲該病毒不會輕易發病。據報導說，跂踵病毒只會在兩個頗爲特殊的條件同時滿足下，才會發病；然而一旦滿足了，患者在數分鐘內就會發病，致死率更近乎百分之百。

這件事當然引起X市市民的恐慌，誰知道病毒會否暗地裡已散播到市內？不過，基於媒體道德（實際上是自我審查），各媒體並未報導發病條件，政府亦沒有詳細說明，只說一般健康的市民不會同時滿足那兩個發病條件，故只會通知受影響人士的醫生。這個說法一出，反而令公衆更不安，不時有人在網上散播各種謠言，有說此病毒是從實驗室製造出來，也有說這是政府欲減少人口的陰謀。

作家對網路上的謠言一笑置之，但他覺得總有方法找得到眞正的發病條件。而且，作家曾在實驗室工作的經驗以及家中仍保存著的儀器，加上總編輯的行動非常有規律，作家心想或許可以好好利用這豉蹚病毒來行凶。

話雖如此，作家經過這四星期的監視後，自知跟總編輯的交集太少，即使打算利用豉蹚病毒，單靠他一人亦難以成功下手。看來，他需要一個同謀。

5

監視結束後的一個平日，作家再次到出版社對面的中式餐館品茗。今日他身在這裡，並非要繼續監視，而是跟編輯共進午餐。

「好久不見，你等了很久嗎？」編輯到達，跟作家打招呼道。

「不，我才剛到。真是好久沒見了。」作家最近因監視行動而變得健談，主動閒聊：「你們的總編輯今日外出開會，我們可以多談一會呢！」

「咦？你怎知道他今日去開會了？」編輯驚訝地問。

餐館的侍應生這時送上茶，打斷了他們的對話，並望向作家問：「今日想吃什麼呢？」

「我先想想。」作家回應。

「好的，有需要隨時找我。」

編輯聽到他們的對答，發現了奇怪之處，怔了一怔後，追問作家說：「侍應生問你『今日』想吃什麼，換句話說，你之前經常光顧這店？」

作家不置可否，打趣回應：「妳看來比之前精明得多呢！」

「其實除了輕小說和奇幻小說，推理小說也是我最常負責的書種，而且我最近愛上看電子書，公餘時也經常看推理小說，或許看得多，多了一份偵探觸覺。」稍頓一下，編輯回到最初的話題：「說起來，你知道總編輯今日外出開會，是因為你在這裡監視吧？」

作家點頭承認：「我已經知道《胖勇者鬥瘦魔王（下）》無法出版一事與妳無關，妳只是奉命行事而已。對不起，希望妳能夠原諒我上次失言。」

「小事一樁，不用在意。其實我一直隱瞞著你，也有不對。」編輯微笑著解釋：「既然你知道了，那麼我就直話直說。沒錯，我身為M出版社的編輯，其實只是傀儡，一切都要聽命於總編輯。說實話，我很喜歡你的作品及其背後的意義，所以當日才會推薦你給總編輯。可是，因為他強迫我把小說中所謂的敏感部分刪改後，作品吸引力大減而影響銷量。他看過上冊的銷量後，就認定下冊無論如何都不可能大賣，甚至連回本也有困難，即使我多番遊說，說明你如何努力修改、劇情如何有趣，他都不為所動，但又不准我立刻把你拒諸門外，深怕你會突然走紅。」

「不過，直到最近，我繼續不時遊說他，而你又找上門，他可能不勝其煩，才終於吐出眞話。他這個一直拖延人家的討厭伎倆已令不少作家受害，我們對於一衆作家的情況都很同情，卻無能爲力。」話畢，編輯嘆了一大口氣。

「我明白，錯不在妳，妳不用在意。」作家反過來安慰編輯說：「而且，下冊的事我已想到辦法了。」

「辦法？」編輯雙眼閃出亮光，問：「有其他出版社願意替你出版嗎？」

「不，只是我有辦法令貴社替我出版。」

編輯皺起眉頭，不解地問：「你是想找集團的大老闆投訴，或在股東大會上告總編輯一狀嗎？」M出版社是上市集團MM的子公司之一，所以編輯以爲作家打算這樣做。

作家搖搖頭，解釋道：「前者不會成功，因爲我知道總編輯很得大老闆的歡心，大老闆不會相信我這個陌生人的話；後者亦不見得有效，要知道股東都是向錢看，如果我的書是因爲預期銷量不佳而不獲出版，對股東來說反而是合理不過的事，充其量只能引起媒體的關注。可是，作家被壓迫的慘況早已不時被報導，事情不見得還會引起公衆大力關注，也不會對集團造成太大輿論壓力。」

編輯聽到自己的想法都被一一否定，心裡泛起不祥的預感，不安地追問：

「那……你打算怎樣做？」

作家沒有半點猶豫，直接地道出他的想法：「我打算殺掉總編輯。」

6

「你……你瘋了嗎？」編輯聽到作家的答案，嚇得站了起來大喊，中式餐館內的員工和其他顧客都紛紛看過來。

作家連忙安撫編輯，著她快坐下：「妳先冷靜下來，反應太大會露餡啊！」

「但……但是……」編輯勉強坐了下來，但仍緊張得口吃著說：「你怎麼……怎麼會……因爲這種小事就想……什麼呢？」編輯自覺「殺人」二字太可怕，用「什麼」代替了。

可是，作家被編輯的話刺激到神經，臉色突然變得凝重，一本正經地長篇大論起來：「小事？妳眞的認爲那是小事嗎？這不單關係到我的生計、我的夢想，也跟我的名聲有關。你們是大出版社，出了一本有頭沒尾的書，或許對你們來說沒什麼影響，讀者會繼續買你們的書，其他作家也會繼續跟你們合作。但我就不是這回事了，我只是一名小作家，辛苦奮鬥了這麼久，才難得累積到少量支持者。如果現在我去告訴他們《胖勇者鬥瘦魔王（下）》不會出版，妳教買了上冊的支持者情何以堪？即使我向他們解釋，一切都是出版社的錯，我相信有部分人會同情及原諒我，但也有些人可能不會買帳，覺得我欺騙了他們的金錢去購買上冊，辛苦得來的支持者就會流失，我是絕對不能讓這種事情發生。」

「還有，別忘記，我跟你們出版社簽了合約，在三年內不得以同一筆名在其他出版社或收費平台上出版或發表作品。雖然你們一拖再拖，已拖了快一年，但這就是說，我還有兩年多不能出版新作，這又會進一步導致讀者流失。而且，這兩年我要如何生活下去？說起來，上冊的版稅你們還未發給我呢！」

「所以，總結一句，無法出版下冊不是小事，我可不是因為『小事』就會花時間調查別人及動殺機的傻瓜！」

作家的「訓話」終於完結，編輯聽著聽著，對殺人一事亦稍微冷靜下來。她自知剛才說錯了話，改為附和道：「對，那不是小事，是我口快說錯了。」但她對殺人一事仍有保留：「不過，是否一定要以武力解決呢？」

作家似乎早有準備，立刻拋出一記反問：「那妳說來聽聽，我還有什麼和平、理性、非暴力的辦法？」

「這個嘛……哈哈……」

這是意料之內，編輯如果有辦法的話，早就幫助了作家。作家順勢道：「所以，如今之計，我們只能殺掉總編輯。」

「慢著！」本來已冷靜下來的編輯，聽到不得了的詞語：「什麼『我們』？怎麼會說到跟我有關？」

作家這時終於道出來意：「我研究過了，單憑我一人之力，要神不知鬼不覺地殺死總編輯，而且事後還能成功脫身，幾乎是不可能，所以我需要一名同謀，這個人就是妳，也是我今日來找妳的眞正原因。」

「神……神經病！你要殺……殺人是你的事，我本來已不大同意，現……現在還要拖我下水？我才不會……不會理會你！」編輯緊張得口吃著回應。

作家嘗試說服編輯：「我調查過了，M出版社內各編輯中，以妳資歷最深。假如現任總編輯『不幸離世』，按照慣例，將會由妳坐上總編輯之位。」

「你不用再說了，我才不會因爲貪戀權力而動殺機。」

「我當然明白妳不是這樣的人，但我也明白妳對總編輯的不滿。多年來，他藉著你們衆編輯之手，害苦了多少人，你們有目共睹之餘，也成了共犯。總編輯在位的這段時間，不少有潛力、有理想的作家，就是因爲他一個人的成見，認爲銷量不佳，就隨便棄之不顧。妳看——」

作家這時遞上文件夾，內裡放著的資料，都是多年來在M出版社出道的作家近況：「這些曾經被你們中途放棄的人，有些已成為其他出版社的當紅作家，也有一些鬱鬱不得志而放棄了夢想，變回尋常的上班族，多麼可惜啊！」

編輯知道作家想殺人後，本來不想繼續被他牽著鼻子走，但她對眼前的資料實在太感興趣，竟下意識地接過並翻閱起來。

她看著資料之時，雙眼不期然泛起淚光。那晶瑩剔透的淚水，蘊含著複雜的情感——編輯看到已搖身一變成為當紅作家的面孔時，嘴角微揚，感到欣慰；但看到回歸平常，甚至變得頹廢潦倒的人物時，又不禁悲從中來，為當日無法拯救他們而內疚不已。

「殺人固然不好，但現在我們別無他法。」作家繼續遊說：「只要現任總編輯一死，妳就會坐上總編輯之位。妳得到權力後，我的《胖勇者鬥瘦魔王（下）》便能繼續出版，而妳將來也有能力拯救更多可能受現任總編輯迫害的作家。這件事，對妳、對我、對整個流行文學圈，都是百利而無一害。」

編輯的立場已經不如早前般強硬，她低頭思考著。作家繼續補充：「對了，妳可能會動了惻隱，擔心他的死會令他的家人傷心。不過，我調查過了，總編輯膝下無子，父母早已仙遊，現在只跟妻子同住。雖然他的妻子似乎仍很愛他，但現在已是她單方面地投入感情，總編輯對她的感情卻淡如水，而且他亦已爲自己購買了人壽保險，死後妻子的生活也不會有任何問題。」

「你調查得眞周詳呢！」編輯口氣半帶諷刺地說。

「對啊，而且我的行動計畫更無懈可擊。」作家把話題拉到另一個重點：「我保證，妳協助我殺害總編輯一事，事成之後，警方不可能找到證據控告我們。而且，負責下毒手的人將會是我，妳只需要在某個關鍵時刻，做一件非常簡單的事情就可以了；即使事敗，也不會留下罪證。我唯一想再跟妳確認的是，以妳所知，總編輯現在有長期或定時服藥嗎？」

「沒有。」編輯斬釘截鐵地說。

「妳爲何如此肯定？」

「他這麼討人厭，如果需長期服藥，肯定會成爲全出版社茶餘飯後的話題，任誰都會知道。」

「這就好了。」作家露出滿意的微笑道：「那麼這個計畫，絕對是無風險的殺人手法呢！」

編輯瞪著作家，對他的話半信半疑，但編輯顯然已對行動產生了興趣。作家見狀，從背包拿出另一份文件：「這就是行動計畫，也是我們的『劇本』。我們只要跟著做，總編輯有一日就會突然斃命，而他的死將會被裁定爲意外或不幸結案。」

「殺人這回事，對我來說還是太瘋狂了，我需要多點時間去考慮和研究。」編輯雖然這樣回覆，但她還是伸出了手，接過了作家的「殺人劇本」。

臨別前，編輯多口地問了一句：「你應該是天蠍座的吧？所以才會對復仇如此執著吧？」

「不，妳猜錯了，我是獅子座的。獅子的復仇其實比天蠍更可怕，因爲他會極力隱藏內心的仇恨，免得被其他人覺得他很小器，而且要麼不出手，要麼就一招奪命，復仇對象死了也不知道是誰幹的。」作家展現著王者般的微笑回應。

現實世界

└→ 第二章〈回覆〉

一個月後，日長出版社的編輯黎麗娟跟作家冼嘉浚再次在同一家茶餐廳內會面，繼續審閱上次未完的小說。

「咦？上次分別時，我不是說大家都應該要冷靜一下嗎？為何……為何……」黎麗娟看過眼前的小說後，思緒有點混亂，思考了好一會才能確定應該怎樣說下去：「為何《殺人小說》還會繼續發展？」

冼嘉浚一如既往，淡淡然地呷了一口冰奶茶，不徐不疾地解釋：「我就是冷靜分析及研究過了，覺得還是這樣的發展最好。」

「這樣嘛……」黎麗娟發現作家不單沒有放棄故事，還繼續發展下去，實在吃了一驚。事實上，她上次離去後，反覆思考冼嘉浚說過的話，再配合著小說的發展，她肯定自己的推斷沒有錯，這部小說基本上和現實呼應，對方眞的希望和她合作，把日長出版社的總編輯幹掉。她本以為事過境遷，冼嘉浚就會放棄這部小說和殺人的念頭，沒料到現在又多了一章，故事內的作家更跟編輯聯手，實在令她不知所措。

黎麗娟對故事的發展仍有保留，婉轉地問：「你認為小說內的編輯，最終眞的會同意跟作家合謀殺人嗎？」

「當然。」冼嘉浚自信地回應：「編輯長期受總編輯欺壓，又一直聽命於總編輯而成爲幫凶，害苦了不少有潛力的作家，編輯想必早已相當壓抑。在這個大前提下，她只要有正當的理由，即爲作家出頭、替業界除害，她就有動機行事。而且，作家更保證計畫簡單，天衣無縫，又絕不會令編輯惹上官司。這幾點加起來，編輯絕對會心動。當然，這也是升職加薪的大好機會，儘管編輯應該不會視這點爲行凶的主因就是了，對吧？」

黎麗娟微微點頭，多少同意對方所說，但她還未能完全接受，於是稍微引開話題，讓自己有更多時間沉澱一下。她問：「其實你這部《殺人小說》是推理作品吧？我總覺得小說的表達手法有點奇怪。故事內的主要角色只有三人，分別是作家、編輯、總編輯，那些總編輯的妻子、市場部的主管、中式餐館的侍應生等，看來都只是協助故事推進的配角而已。但小說內一早就清楚說明，作家跟編輯是同謀，總編輯是死者，甚至連作家和編輯的殺人動機都解釋得清清楚楚，那麼凶手是誰這點就變得毫無懸念，到底這作品的謎團在哪？這種推理小說有吸引力嗎？」

作家回應：「推理小說的重點是謎團，這點沒錯。不過，謎團的款式卻可以有很大變化，不一定要將凶手、動機、手法全部都隱藏起來。像我們的情況，凶手及動機已清楚明白，但他們到底是如何成事，作家爲何如此自信不會被捕，手法又是怎樣，正是這故事的重點及有趣之處。接下來將會是小說的下半部，我會改爲以警方的視點出發，偵查這宗凶案。不過，比起推理小說，其實妳更應該把這本小說當成工具書來看呢。」

「工具……」黎麗娟本想追問「把這本小說當成工具書來看」是什麼意思，但只說了兩個字，洗嘉浚就把食指放在唇前，示意她不要說下去。

他稍微把身體俯前，靠近對方輕聲道：「香港現在到處都是閉路電視，尤其這茶餐廳開業不久，閉路電視可能是彩色兼高清的款式，說不定也有錄音，有些話還是不要說得太明白較好。我似乎也有點說得太多了。」

時值二〇一九年十二月，反修例社會運動展開了近半年。黎麗娟是中立派，她不想站到任何一邊，只想正常生活，做好自己在出版事務上的工作。她雖然沒有積極參與，但也有留意抗爭者傳播資訊的方法。爲免留下證據及被秋後算帳，他們大都使用通訊軟體以匿名方式溝通，進入抗爭或示威現場時亦會統一換上全身黑色裝束，讓警方難以分辨衆人。黎麗娟想起他們正在討論有關殺人的事情，是確確實實的犯罪，某程度來看更嚴重，的確應該小心一點。

黎麗娟其實多少猜到「工具書」的意思，就是說這部小說將載有他們二人合作殺害總編輯的方法，即是跟作品中作者交給編輯的「劇本」相似。她改爲問另一個問題：「那爲什麼作品中的角色都沒有名字呢？你一直以作家、編輯、總編輯來稱呼各個角色，不怕讀者批評這些角色們不夠立體嗎？」

冼嘉浚彷彿已爲此準備好答案，毫不猶豫地解釋：「我覺得人的名字本來就只是個代號，把角色的名字換成一般虛構的姓名或著名推理作家的名字也好，並不影響故事發展和對角色的描寫。事實上，雖然妳現在讀過的只有短短兩章，但我想妳也能感受到這三個主要角色的性格了。不過，故事後半部涉及警方的調查，在警方審問和調查期間，他們總不會以這些身分和職位來稱呼他們。如果有需要或特殊作用的話，我會在小說的下半部爲他們補上名字。」

黎麗娟點頭示意明白。冼嘉浚眼見對方沒有其他問題，就拉回正題問她：「那妳現在覺得，小說內的編輯會跟作家聯手嗎？」

黎麗娟本想再多拖延一會，但心中已沒有其他問題，而且她的確有興趣了解一下後續的計畫，於是給予正面的答覆：「我算是被你說服了，認同他們會合作，也對這部作品產生了興趣。不過，推理故事的重點始終是案件，如果下半部有漏洞或者我不滿意的話，我一定會退貨啊！還有，現實也會和故事一樣，不會有任何風險嗎？」

「妳放心好了，這是我的信心之作，故事中作家對編輯的保證同樣適用於現實。而且，我也想借用妳的偵探頭腦，確認這故事是否天衣無縫。我記得妳曾說過，推理小說是妳很常負責的書類之一，也是妳工餘時的興趣。妳最近愛上看電子書，尤其喜歡電子書可自由調節字體大小，放大至一行只有二十個字，跟傳統原稿紙的大小一樣看起來最舒服，對吧？」

「你說得沒錯。」黎麗娟點頭。《殺人小說》中的編輯對作家說過類似的話，現實中的她也曾在初認識冼嘉浚時如此說過。

「那麼我對妳有信心呢！」

黎麗娟有一刻想教對方不要對她抱太大期望，但她想了想，覺得作家和編輯的關係本來就應該是互相信任。平日作家把完成品交託給編輯，相信編輯及出版社會爲作品處理校對、排版、營銷等後續工作，編輯則相信作家交給他的是最好的作品。他們二人接下來要做的事後果嚴重，現在可說是同坐一條船了，既然對方說對自己有信心，那她也只好竭力而爲了。

冼嘉浚說：「我想補問一句，總編輯現在有長期服藥嗎？」

她憶起小說內的作家也向編輯問過相同的問題，儘管她此刻並不知道這道問題背後的意圖，但同樣基於信任，就照實回答：「沒有。」

「那就好了。」冼嘉浚微笑著道，一副盡在計畫之內的樣子。

黎麗娟翻了翻桌上的稿件，發現並沒有第二章之後的部分，於是問：「那麼，小說的下半部你要如何給我呢？」

冼嘉浚的臉色忽然變得凝重，語氣也同時認真起來，彷彿變成了另一個人道：「我不會給妳啊。既然貴公司認定我的拙作《千年殺戮》下冊不會暢銷，《殺人小說》這部作品我也沒興趣交託給你們。我稍後將會安排它在其他出版社自費出版。」

「欸？」黎麗娟對冼嘉浚的態度轉變和回覆顯得有點不知所措，當刻只能把腦海中慣用的說詞拿出來：「但……根據我們的合約，你在合約生效起三年內，不得使用同一筆名在其他出版社或收費平台上出版或發表任何作品。現在距離期限應該還有一年多……」

冼嘉浚沒有絲毫動搖：「沒關係，我用本名出版就好了。」

「那……我們……作品中的作家和編輯……」

「黎小姐，我很感激妳過往對我的提攜和對這部作品的意見，但從今日起，我想我們的合作關係應該結束了。」冼嘉浚知道對方還未能理解他的用意，於是輕輕瞥了他們身旁，正在爲另一桌顧客下單的侍應生一眼。

黎麗娟終於明白冼嘉浚的話要說給餐廳侍應生聽，看來這是計畫的一部分，萬一將來警方調查到他們曾在這裡會面，侍應生或許就能證明他們「關係破裂」，沒有聯合行動殺人的傾向。不過，她對於冼嘉浚打算把含有殺人暗示的小說出版，覺得實在太危險了，不就會令全世界的人都看到嗎？

「這樣眞的沒問題嗎？」黎麗娟對這個安排始終不放心，忍不住靠近冼嘉浚的耳朵輕聲說：「你手寫稿件，不要複印，我看完後燒毀，不是更安全嗎？」

冼嘉浚沒有回應，只把眼珠翻向右上角。黎麗娟朝著那個方向望過去，看到的是餐廳牆角的一台閉路電視。黎麗娟的腦筋開始跟上了對方的思維，猜到他的意思是如果他把稿件直接交給她，就會被閉路電視拍下過程；她之後把稿件燒毀的話，反而會令他們的嫌疑更大。

冼嘉浚看到黎麗娟重新跟他對上眼，就繼續道：「眞的沒問題，請妳放心。不過，如果妳認識或相熟的出版社有提供自費出版服務，倒是可以介紹給我。」

「呃，有。」黎麗娟打開手袋，翻了翻，掏出了一張名片，遞給對方道：「這是出版社月光文化的負責人星塵的名片。星塵曾經在日長出版社出版過作品，也是由我負責，當年經歷了跟你相似的情況，四部曲系列作的最後一部不獲出版，他於是創立了自己的出版社，待合約到期後出版系列的結局篇和他的其他作品。」

「原來還有這方法，他眞的很有決心呢。但我不打算等這麼久，只好採取其他方法。還有他可信嗎？妳應明白，我可不想讓我的首部推理小說所託非人呢。」

「他會理解你的情況。而且，他本身也寫推理小說，相信對故事劇情和其他細節都能提供實用的建議。」

「那就好了，我之後會找他。」冼嘉浚眼見要交待的事都說得差不多了，再次用回諷刺的口吻說：「這部作品出版後，請恕我不會給妳贈書了。屆時妳有興趣的話，希望妳自己購買。我眞希望妳能讀到此書，或許這個世界上就只有妳能夠看出這部作品的眞義。」

「是嗎?哈!」黎麗娟冷笑一聲後，回敬對方：「但眞抱歉，既然你不讓我們出版，我也想不到要閱讀的理由。我們的合作就到此爲止吧，祝你的新書順利出版。」

「謝謝。」冼嘉浚把手伸出，想與黎麗娟握手作最後的道別，黎麗娟卻把他的手拍開。這一幕，被正好要離開鄰桌的侍應生清楚看到。

從黎麗娟的這個反應，冼嘉浚肯定對方已理解到這次合作接下來的玩法，也知道要如何避開嫌疑，他已心滿意足，於是只報以微笑回應。二人接著各自付清自己的帳單，就離開茶餐廳，爲這個殺人計畫展開行動。

小說世界

↳ 第三章〈凶案〉

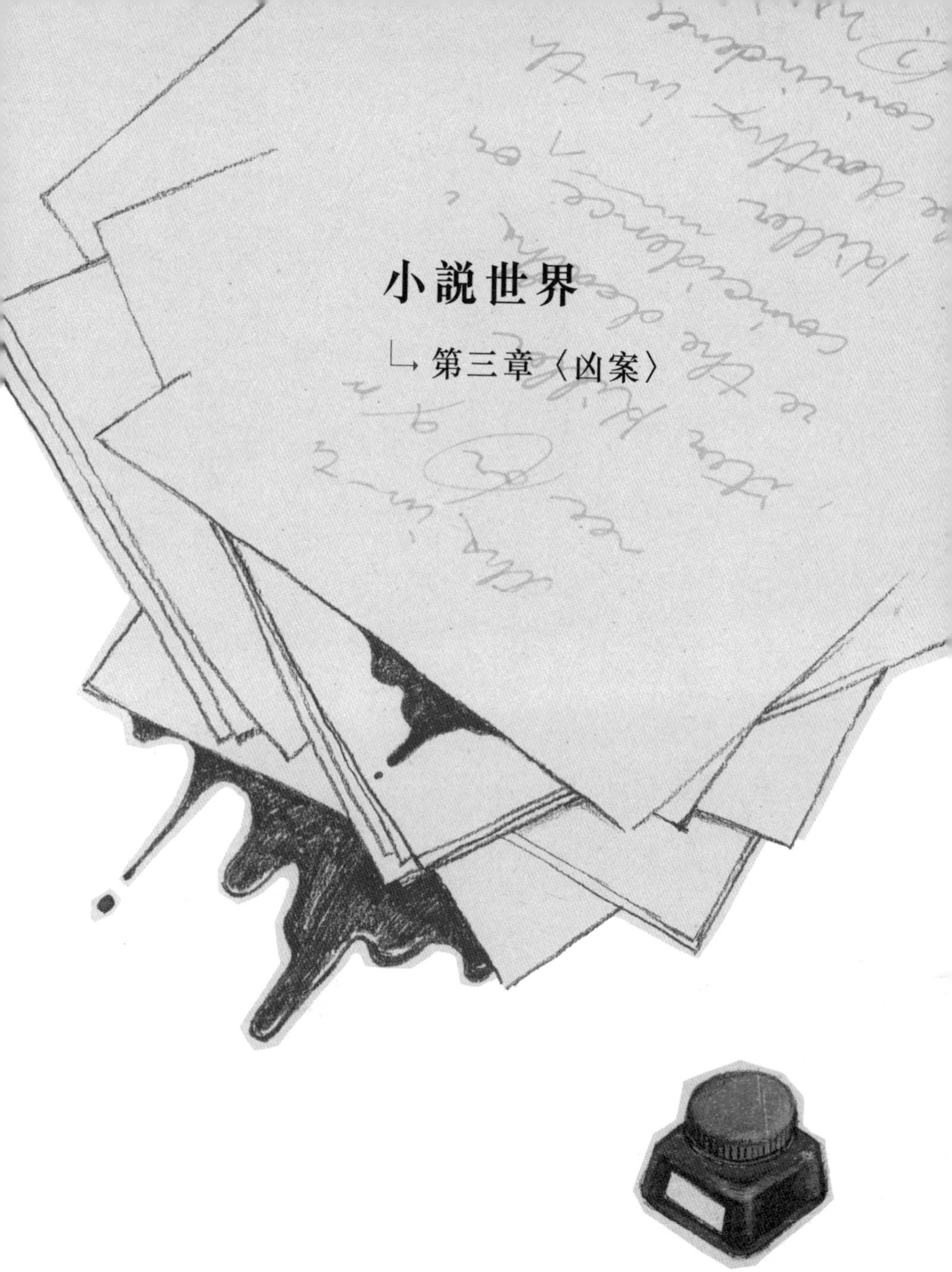

1

七個多月後，二〇二〇年七月初的一個下午，X市的M出版社發生了一宗命案。警察及救護員接報後立刻趕到現場，但M出版社的總編輯關梅喜已返魂乏術。

關梅喜死於屬於他的總編輯房間內。他坐在辦公椅上，身軀俯向前，頭伏在辦公桌上並側向一旁。他雙眼翻白，嘴邊及桌上盡是嘔吐物，狀甚噁心。辦公桌上一片凌亂，電話的話筒懸吊在半空，他在死前似乎曾經掙扎及致電求救。不過，報案的人並不是他。

負責這宗案件的總督察黃俊軒這時到達現場。雖然已過午飯時間，但他不知爲何仍睡眼矇矓，彷彿還未從睡夢中完全清醒過來就趕到現場，絲毫沒有已過而立之年的穩重和總督察的威嚴。

他身穿便服，一臉慵懶地走向最接近的軍裝警員。警員起初以爲他是無關人士，直到看到對方展示的警察委任證，才能確認對方的身分和職級，馬上向他敬禮。

黃俊軒在到達前已大致知道發生了什麼事，直接問：「是誰報案的？」

警員指向出版社遠處的一角道：「是她，海葆嵐，出版社的編輯。」

黃俊軒望向那個角落，看到一名中等身形的長髮女子正蹲坐在該處瑟縮及顫抖著。女子衣著簡單樸實，身上沒有佩戴任何飾物，一臉憔悴，眼睛一直盯著地面，口中偶爾發出沒有意義的低吟。爲免令女子進一步受驚，黃俊軒緩步走過去。走著之時，黃俊軒的雙眼回復神采，整個人逐漸展現出總督察對外應有的形象，儘管他的頭上仍頂著一撮呆毛[1]。

他蹲到女子的身旁，親切地問：「妳好，我是負責這宗案件的總督察黃俊軒。海小姐，妳沒事吧？」

「我……沒有大礙……」海葆嵐仍呆呆地瞪著地面，沒有望向黃俊軒，恍惚地說：「我只是……有點累，以及難以接受。」

「不要緊，妳先休息一下。待妳稍後心情平復一點，我們再替妳錄取口供。」黃俊軒說罷，走回剛才的警員附近，故作寬容地說：「你們先不用太勉強她。」然而說到這，他放輕聲說：「不過要小心盯著嵐妹妹，畢竟她嫌疑最大。案發時是午飯時間，辦公室只剩下死者及她二人，很難想像關梅喜的死與她無關。」

「嵐妹妹？哦……明白！」

「另外，法醫到了沒有？」

「還沒，大約十分鐘後才到。」

「好，那麼我先看一下。」

黃俊軒在另一名警員的陪同下，穿上鞋套，走進總編輯的房間，站在死者身邊觀察四周環境。經驗豐富的他並未被死者的嘔吐物、突出的眼睛及擴大的瞳孔嚇到。他從散落在關梅喜腳邊的雜物中，發現除了文件和文具外，還有家庭便當和餐具。黃俊軒估計，死者遇害前正在享用午飯，在混亂及痛苦中撥走了桌上的東西而出現這個畫面。

單憑食物及嘔吐物這兩點，黃俊軒已相當肯定這是一宗中毒個案，毒物來源當然還得等候法醫調查。巡視過現場後，他自知沒事好幹——同僚自會替有關人士錄取口供，法醫也會調查死因——他決定先回辦公室，等候他們的報告好了。

黃俊軒有時候就是這麼隨意，他總覺得，反正人都死了，事情已沒有什麼迫切性可言了。如果不是他的下屬今日請了事假，他才不會親自過來。

1 呆毛：動漫術語，又稱笨毛、笨蛋毛或阿呆毛，指頭上一撮（或多撮）翹起的頭髮。

2

「食物中毒？」黃俊軒在辦公室內反問。

「對，關梅喜的表面死因是食物中毒。」回答的人是有「美女法醫」之稱的吳美霞。吳美霞雖然已三十有二，但她美貌依然，特別是她那雙長腿，吸引不少警員拜倒在她的石榴裙下。案發後數天，她已初步完成解剖及分析，今早就帶著結果前來找黃俊軒報告：「在死者的體內，驗出超過致死劑量的龍葵鹼。」

黃俊軒對龍葵鹼一詞有點熟悉，但又不大肯定，遂追問道：「龍葵鹼是不是藏在發芽馬鈴薯內的那種毒素？」

「對。」吳美霞詳細解釋：「龍葵鹼又名茄鹼，一般存在於馬鈴薯、番茄和茄子等茄科植物中。在新鮮及成熟的植物中，龍葵鹼的含量很低，正常食用不會有任何問題，毒素亦會在進食後約三十五小時被人體代謝掉。不過，在生番茄或發了芽的馬鈴薯中，龍葵鹼的含量卻很高。在發芽馬鈴薯芽眼四周和變綠的部分，每克就含有高達五毫克龍葵鹼。人體如果服食六十毫克龍葵鹼，就會發生噁心、嘔吐等不適反應；進一步累積到一百八十至三百六十毫克龍葵鹼，更足以致命。經換算，成年人只要不慎服食約三十六至七十二克有毒馬鈴薯，就已經有生命危險。」

「服用過量龍葵鹼，主要會引致腸胃道和神經系統症狀，如噁心、嘔吐、腹瀉、腹絞痛、體溫過低、瞳孔擴大等，嚴重的則會引發器官衰竭、呼吸中樞痲痺致死，症狀最快在服食後三十分鐘開始出現。死者正是死於龍葵鹼中毒，引致心臟衰竭死亡；死亡時間大約是下午一時半至二時半。」

黃俊軒比對了其他資料後說：「M出版社的午飯時間是一時至二時，第一目擊者海葆嵐的報案時間是下午一時五十分，據她所說，她看到死者有異樣時就立刻報案。妳所說的中毒症狀亦跟現場環境吻合，這樣看來……」

坐在房間內的，還有黃俊軒的下屬高天宙督察。高天宙是新人，剛滿二十三歲，大學畢業就立志加入警隊，在警察學院畢業時獲頒銀笛獎[2]，不久更獲調職過來跟隨黃俊軒查案。他以爲快要結案，爲了凸顯自己的存在感，這時插嘴說：「那麼這宗案件很簡單了吧？死者關梅喜就是死於尋常的食物中毒，我們接下來要調查的，應該是爲他做便當的妻子……」

「當然不是。」黃俊軒不快地打斷他：「如果事情是這麼簡單，美子就不用親

2 銀笛獎：俗稱銀雞頭，由警察學院頒贈予各班畢業學員之中的第一名。

自過來了。」

黃俊軒跟吳美霞合作多年，建立了深厚的默契，這點高天宙早就聽其他同事說過，但黃俊軒還是第一次在他面前以暱稱來稱呼吳美霞。而且，吳美霞聽到「美子」這個稱呼後，更高興得無視高天宙的存在，向黃俊軒拋了個媚眼，這令高天宙不禁怔了半晌，才懂得繼續未完的話題：「那即是怎樣？」

「剛才美子就說過，死者的『表面死因』是食物中毒，那就是說，眞正原因並不是這麼簡單。你看，這是死者當日的便當。」黃俊軒在檔案內翻出照片，並推向高天宙說：「便當內根本沒有馬鈴薯、番茄、茄子等食物。死者妻子的供詞亦確認，她在製作當日的便當時，飯菜內並沒有茄類植物。而且，她表示近兩個月都沒有買過茄類植物。」

「兩個月這麼久？難道是死者挑嘴，不愛吃這類食物？」高天宙一邊思考，一邊自問自答：「但如果是這樣的話，應該是從來都不會買，而不只是兩個月……那眞正的原因是什麼？」

「當日負責套取供詞的警員似乎沒想到這個問題，供詞內沒有這方面的資料。」黃俊軒回答過後，愛亂替人取暱稱的毛病突然發作。他靈機一動，爲下屬起了新暱稱，並安排工作道：「好，這個原因就靠小天你去調查一下吧！」

「慢著！你叫我小……小……」高天宙尷尬得面紅耳赤，因爲即使是他的父母，在他長大後也不曾如此親暱地稱呼他。

旁邊的吳美霞看到，把握機會補上一刀：「啊！這名字眞可愛呢，小天！」

「哈……哈……」高天宙不敢反駁上司及其工作伙伴，只好無奈地苦笑著。

高天宙臨離開辦公室前，黃俊軒把另一個文件夾交給他，內裡夾附著一個調查清單，列出數個項目，請他代爲調查。

高天宙心想，難怪人人都稱黃俊軒爲「悠閒警探」——他辦案時總擺著一副毫不在意的樣子，事情大都由下屬代勞，自己只會坐在辦公室內。他的性格又有點胡鬧，尤其喜歡隨意替別人亂起暱稱。不過，他的破案率倒是X市內數一數二，而且跟隨過他的下屬大都平步青雲，這令高天宙非常在意，也希望能夠藉著和他一起工作，一窺他的辦案祕訣。

3

高天宙離開後，吳美霞對黃俊軒道：「小天這個新人眞是可愛，竟然會臉紅，哈哈！」

「他很有潛力，似乎會是明日之星，所以我才要求他代我去調查。而且案發當日他不在，還未去過M出版社，讓他去看一看或許也有好處。」黃俊軒這時拉回正題問：「話說回來，既然便當內沒有茄類食物，那死者體內的龍葵鹼從何而來？妳可有嘗試檢驗……」

黃俊軒的話還未說完，跟他合作良久的吳美霞已猜到他的心意。她亦改以黃俊軒的暱稱來稱呼他：「軒軒，這點小事又何須你親自吩咐呢？我早已檢驗過了，便當內的確有極微量的馬鈴薯及番茄成分……」

黃俊軒迫不及待地問：「結果還是有人在便當內放毒嗎？」

「也不一定，以分量來說，那未免太奇怪了。如果凶手真的計畫在便當內加入龍葵鹼，一般獲得這種毒素的方法有兩種。方法一最簡單，就是待馬鈴薯發芽，然後把芽眼附近及變綠的部分挖走。從生番茄中提煉也可，但相對而言還是發芽馬鈴薯的濃度較高及方便。不過，以這方法取得的話，當中含有的馬鈴薯成分一定很高，最少是現在的數百倍以上。方法二則是從茄科植物龍葵中提煉出來，但若是這樣的話，又完全不會有馬鈴薯及番茄成分。且更重要的是，雖然便當內有馬鈴薯和番茄成分，但除了死者體內之外，便當內以至整個案發現場都沒發現龍葵鹼。」

「即是怎樣？我聽得有點糊塗了。現場沒有龍葵鹼，卻有番茄成分，難道有人故意擾亂調查，在便當上灑上番茄醬？」

「也不像，因爲我測量到的馬鈴薯及番茄分量眞的很少，加起來不會多於一毫升，而且它分布得相當平均。如果是人手灑上去的話會形成大小不一的小滴，不會像現在分布得那麼平均，分量也不會這麼少。」

「可以用工具噴上去嗎？」黃俊軒追問。

「噴上去的話同樣會以小顆粒形式存在，但現在給我的感覺是氣化後平均散布到便當上。不過，要氣化少於一毫升的分量到便當上面，不是一般家用工具可以做得到。你們在現場有找到特殊的工具嗎？出版社內如果會有印刷用的噴嘴，或許可以做到。」

「出版社不是印刷廠啊，現場並沒有那種東西。」

「唔……那就奇怪。」吳美霞無奈地嘆了一口氣。

黃俊軒對此事暫時亦沒有頭緒，搖搖頭說：「死者死於龍葵鹼中毒，現場和便當內卻沒有龍葵鹼；便當內沒有茄類食物，卻有微量馬鈴薯和番茄成分。這宗案件眞是完全令人摸不著頭腦。」

「我也沒有頭緒，但照道理不會是關梅喜服毒自殺吧？雖然龍葵鹼能夠輕易從日常生活中獲得，但我從沒聽過有人會選擇服用龍葵鹼自殺，因爲死前會出現腹痛、噁心等不適，太辛苦了。」

「雖然沒證據，但直覺告訴我，他不是自殺，且龍葵鹼中毒及含有微量番茄、馬鈴薯的便當兩件事一定有關聯，只是凶手用了我們未知的方法來令死者中毒。」

「我同意，畢竟人體內不會無故出現龍葵鹼。」吳美霞這時憶起一件可能對調查有幫助的事，轉換話題道：「說起來，我有位朋友在C國當法醫，他最近忙得不可開交，你知道是什麼事嗎？」

「是因爲C國受『跂踵病毒』肆虐嗎？我當然知道，畢竟現在全X市都人心惶惶。但跟我們這宗案件有關？」

「你不知道兩者的關係很正常，因爲政府封鎖消息，一般人無法得知發病者的致死原因。不過，我也不敢說一定有關。」

「那即是怎樣？」黃俊軒皺著眉反問。

吳美霞走到黃俊軒面前，用手撫平他額上的皮膚道：「經常皺眉頭，樣子會變老啊！」她緊挨靠得黃俊軒更近，輕聲解釋：「據我的朋友說，感染跂踵病毒的死者，死狀都跟砷中毒相似。」

黃俊軒說：「以我所知，砷中毒的初期症狀，包括口腔及喉嚨灼熱、噁心、嘔吐、腹痛、頭痛、暈眩等，嚴重的則會出現呼吸困難、中樞神經病變、昏迷等……

咦？這不就跟龍葵鹼中毒相似？」

「完全正確，這正是我覺得可能有關的原因。」吳美霞稱讚對方過後，續道：「你也知道C國技術落後，而且公職人員懶惰成性，反正所有人發病後都會即刻死亡，只要說是由跂踵病毒引起即可結案，根本無須追根究柢查找病毒的致死原理。不過，最大的問題是，關於跂踵病毒的資料是最高機密，我們這些低級公職人員不可能拿到手。缺乏進一步資料，我們也不可能得知跂踵病毒是否跟龍葵鹼有關。」

「哈哈！」黃俊軒忽然一臉自信地大笑。

吳美霞猜到對方的意思，既驚訝又興奮地問：「你有方法得到跂踵病毒的資料？」

「還未有，但將會有。」黃俊軒解釋：「武俠小說常說『只有死人才能保守祕密』，但換另一角度想，也就代表『生人知道的事，必會洩漏』，所以我一定有辦法找到跂踵病毒的資料。美子，這件事就交給我吧！不過，死者及證物那邊……」

「知道了。」吳美霞未待黃俊軒說完，已迫不及待回應。他們二人的默契之深，已不用逐一言明調查項目，就能分頭行事。

於是，黃俊軒、吳美霞和高天宙三人就各自努力，希望能找出M出版社總編輯關梅喜之死的真相。

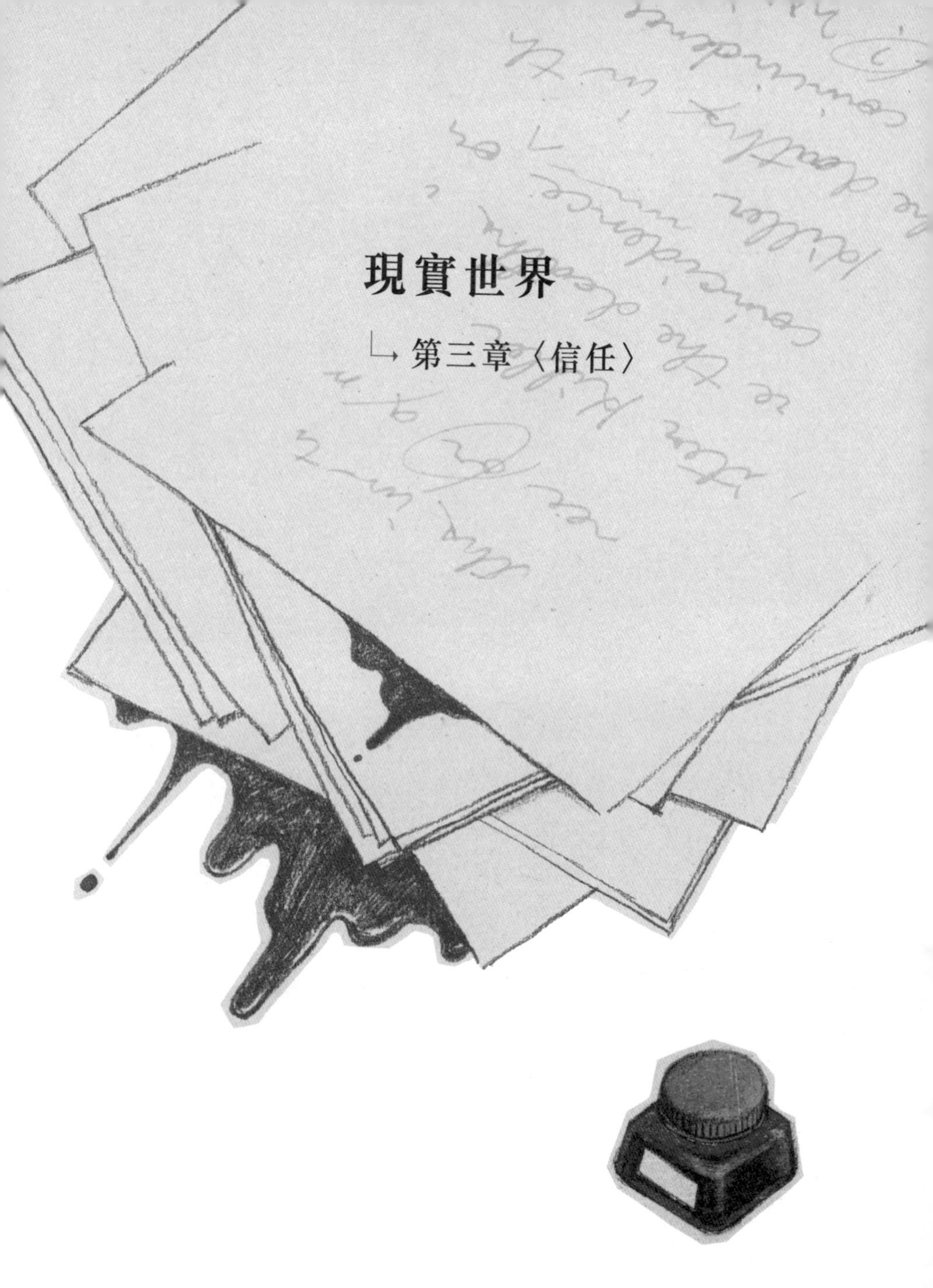

現實世界

└→ 第三章〈信任〉

1

黎麗娟戴著口罩，站在書店沒人的一角，閱讀完《殺人小說》的第三章後，決定把書本蓋上。

二〇二〇年二月，黎麗娟和冼嘉浚在茶餐廳假裝不歡而散的三個月後，冼嘉浚的首部推理作品《殺人小說》透過星塵創辦的出版社月光文化順利出版。由於冼嘉浚不是著名作家，加上這本書不是使用他慣用的筆名出版，各書店都不敢採購太多。以黎麗娟現在身處的某家擁有中資背景的連鎖書店分店爲例，店內就只有兩本《殺人小說》，而且甫出版就被放到書架之上，只能以書脊示人。如果黎麗娟不是追蹤了月光文化的社交網站，相信她將會和一般顧客一樣，難以發現這本書的存在——她當然已取消追蹤了冼嘉浚，以盡量減少自己的嫌疑。

說起來，黎麗娟當日和冼嘉浚分別後，其實花了相當長的時間去思考究竟是否眞的要與冼嘉浚合作殺掉總編輯，畢竟她覺得剝奪他人的生命是世間上最大的邪惡。儘管總編輯蘇錦聯壞事做盡，但也似乎沒有必要一下子就把解決方法推到最極端。她曾盤算有沒有其他較溫和的辦法能阻止更多作家受害，例如把蘇錦聯從總編輯之位拉下來，或讓他患上重病而無法繼續工作等。黎麗娟不是想不到方法，而是幾乎不可能全身而退。

最終令黎麗娟下定決心的導火線，是來自那些跟她合作過的作家。在她和冼嘉浚分別幾日後的一個晚上，她竟然看到一位由她親自邀約合作的作家在一家便利商店內搬運貨物。那位前作家一臉倦容，吃力地搬運著沉甸甸的罐裝飲料。黎麗娟看到這一幕，本想安慰自己職業無分貴賤，在便利商店內工作沒有什麼不妥，村田沙耶香也是憑藉在便利商店打工多年的經驗而寫出芥川賞得獎作品《便利店人間》。不過，當她看到之後的一幕，她卻久久無法忘懷。

一家運輸公司剛好把另一批商品送到便利商店，那名看來其實也不見得職位多高的員工把貨物送到便利商店後，竟將送貨單貼近前作家的臉，高聲並輕佻地說：

「大作家，請你替我簽個名啊！」

這顯然不是個善意的玩笑，而且不像是第一次，也應該不會是最後一次。

黎麗娟沒有顏面繼續看下去，在奔跑回家的路上揪心得痛哭起來。她自知對方今日會落得如斯慘況，即使是蘇錦聯授意，她也是幫凶之一。那名前作家當時欲哭無淚卻無可奈何的表情，可能會就此永遠烙印在黎麗娟的腦海之中，恐怕今生今世都難以抹掉。

當晚她回到家中，馬上打開電腦，搜尋其他合作過的作家其後的遭遇。由於她手上擁有的資料比冼嘉浚多，而且有些人仍是她在社交網站上的朋友，不消一會，她已找到海量資訊。但不幸的是，她發現冼嘉浚展示給她看的悲慘個案原來只是冰山一角。

在香港這個普遍被認爲是文化沙漠和充斥著速食文化的城市，文化創作之路本來就不易走，鮮少能夠孕育出專職寫作的作家。黎麗娟曾覺得，人生本來就沒有保證成功和一帆風順的道路，每個人都有自己的命運，那些人既然選擇了寫作，就應該有失敗的覺悟，遇上不幸也只能自認倒楣。但她今日親身看到那位前作家被嘲諷的遭遇後，她終於能夠體會到冼嘉浚的心情。

她當初認識的冼嘉浚是個積極且不輕易放棄的青年。他沒有被初期失敗的經驗嚇怕，仍能堅忍不拔地繼續創作出更多的作品，最終才能在網路上受到熱捧。可是，就是因爲蘇錦聯不懂得欣賞作品的價値和意義，把《千年殺戮》上冊變成男不男、女不女的閹割版，令冼嘉浚的支持者大失所望，銷量不濟根本與作家無尤。

那名前作家欲哭無淚卻無可奈何的表情忽然在黎麗娟的腦海中重現。

黎麗娟想起冼嘉浚的話，是蘇錦聯借她和其他同事之手落井下石，把衆多有志寫作的作家推向地獄的深淵。創作之路不易走，但不代表選擇走上這條路的人就活該遭逢不幸，更不要說這全然是蘇錦聯人爲的災禍。

現在，一個撥亂反正的機會出現了，冼嘉浚主動安排了一切，黎麗娟只要輕輕推一把，就能把蘇錦聯直送地獄。而且，冼嘉浚說過這次合作最終將會是由他下毒手，並保證即使中途出差錯而令計畫失敗的話，也不會留下罪證。

黎麗娟幻想，只要能鏟除蘇錦聯，由她坐上總編輯的位置，憑藉日長出版社在業界的地位和名聲，或多或少能把香港扭曲和殘酷的創作環境稍微矯正過來，甚至能幫助那些已放棄或被迫放棄的作家重投寫作，包括剛才她在便利商店遇到的那位。

「如果能阻止更多悲劇的發生，我願意犯下世間上最大的邪惡。」黎麗娟終於下定決心，在內心許下誓約。她要與冼嘉浚在互不相見的地方一同隔空掌舵，分頭控制著這艘無形的快艇，把蘇錦聯送到閻羅王面前受審。

2

黎麗娟之前已在茶餐廳看過《殺人小說》的首兩章，所以她今日在書店找到這本書後，就直接從第三章開始看。她本以爲會輕易找到冼嘉浚在作品中留下來給她的行動指示，然後她只要照著實行就能送蘇錦聯上西天。可是，她看過整章之後，絲毫察覺不到任何異樣，感覺上這只是一部尋常的推理小說，唯一的特別之處，是作品的背景和首兩章一樣，跟現實有不少相似甚至相同之處，但……

「但現實中沒有跂踵病毒啊！」黎麗娟越想越頭痛，幾乎把這句心聲吐出口。

她在想，任誰看完《殺人小說》的首三章，都會猜到故事中總編輯關梅喜的死跟跂踵病毒有關。若現實中這方面的情況也是一樣，她就能跟著故事中編輯海葆嵐的行動依樣畫葫蘆，不費吹灰之力令蘇錦聯口吐白沫而死——她想想都覺得興奮。

不過，現實上倒是有另一種病毒，也是爲何黎麗娟會戴著口罩來書店的其中一個原因。

去年十二月，中國爆發了一種新型腦炎，這種腦炎很特別，一般感染者幾乎沒有任何症狀，短至一星期、長則半個月就會自然康復，但康復後不會產生足以免疫的抗體，意味著有機會再度感染。由於病毒靠飛沫傳播，病毒容易經日常社交散播開，加上沒有病徵，市民都沒有太在意。據香港和外國專家估計，中國有一億甚至更多人現正或曾感染過新型腦炎——當然，當地政府否認，並強烈譴責那些專家誇大事實和貶低他們的抗疫成果。

這種新型腦炎的絕大部分感染者都沒有症狀，病毒卻會被發現，原因自然是來自少數發病個案。中國在過去數個月忽然出現了零星的中暑死亡個案——在寒冬而且是死於室內的中暑死亡個案。

這些奇怪的死亡個案，起初並沒有引起注意，警方只以爲是因爲在室內使用暖氣過熱，或燒炭取暖但空氣不流通導致一氧化碳中毒。直至這種命案出現了好幾宗，當地政府才感到不尋常，下令調查並發現原來是這種新型腦炎作怪。在特定或極低的機率下，新型腦炎會攻擊患者的腦部，令患者體溫調節容易失衡，身體失去排熱功能，一不小心就會熱衰竭、中暑昏迷甚至死亡。

由於新型腦炎出現得太突然，而且發病時的症狀離奇，不像是自然演變而成的病毒，引起了不少猜測。有人覺得這是實驗室製造出來的人造病毒，也有人認爲這是天罰，是上天派來消滅污染地球、令不少物種絕種的人類，其中後者的迷信說法竟不脛而走。

在二〇二〇年一月初，新型腦炎開始獲媒體廣泛報導，不久就有網民表示曾看到一種怪鳥，擅長攀樹，外表像鴨子，卻長著如老鼠般的長尾巴。怪鳥的照片在網路上廣傳，起初大部分人不以爲然，有人笑說照片中的鳥跟遊戲《魔物獵人》內的魔物「大怪鳥」樣子相似，只是沒有大耳朵和鱗甲，覺得只是惡搞。但後來開始有更多人貼上類似的鳥類照片，表示他們都曾見到。稍後又有網民指出，這種鳥跟《山海經》中名爲「絜鉤」的鳥相似，相傳絜鉤這種鳥出現在某個國家，該國家就會瘟疫橫行。人們逐漸相信瘟疫之說，於是把這種新型腦炎說成絜鉤腦炎。雖然事後政府澄清那只不過是啄木鳥，並不是什麼絜鉤，呼籲市民不要迷信和散播謠言，但這個說法早已深入民心，絜鉤腦炎這個名字已完全取代了新型腦炎。

黎麗娟想到這裡，終於發現作品與現實的連結，冼嘉浚應該參考了現實的絜鉤腦炎來創作出故事中的跂踵病毒吧？特別是兩者的命名都和《山海經》中的鳥有關。但這又衍生出下個問題，因爲絜鉤腦炎和跂踵病毒的發病形式完全不同，她依然是不可能照著故事發展來令蘇錦聯死亡。

黎麗娟苦惱得不禁雙手抓頭，卻因此剛巧看到手上戴著的水晶手鍊。那是紫水晶手鍊，據說能提升智慧、幫助思考和招貴人；跟她早前佩戴的石榴石手鍊一樣，都是星塵託人送給她的。黎麗娟雖然沒有主動找星塵，但星塵打聽到她的近況，而且透過冼嘉浚應該多少知道了他們的計畫，於是託朋友送給她，希望她能好好利用她的智慧，順利實行計畫。

她盯著紫水晶之際，不知道是否來自水晶的力量，她的腦筋忽然澄明清澈起來，想起了冼嘉浚和星塵對她的信任，也理解到這件事不會這麼簡單。她憶起故事中的編輯在中式餐館內接過作家的殺人劇本，但現實中的冼嘉浚只教她把這部作品當成工具書來看，而不是劇本，換句話說，並不是教她照樣辦的意思。

對了，如果冼嘉浚在故事中明明白白地說出她接下來要做什麼事，那不只她看到，警方事後都會輕易發現。冼嘉浚說過這是萬無一失的方法，更說過「或許這個世界上就只有妳能夠看出這部作品的眞義」，書中可能隱藏著只有她才能察覺到的內容。她下定決心要貫徹編輯與作家的信任關係，繼續細心研究和閱讀下去，或許就會找到有關行動的線索。

她打量著手上這本書。這本書採用了裸背線裝的裝幀方式，書衣用上珠光紙，看起來相當華麗。雖說這是自費出版的書籍，但冼嘉浚和星塵應該預計得到這本書不會暢銷，而且這本書的最大目的不是用來賣，成本是不是有點太高了？照道理星塵應該不會爲了多獲利而鼓勵冼嘉浚花非必要的錢吧……

黎麗娟重新翻開書，留意到第四章的篇幅比之前的任何一章都要長，似乎無法在這裡看完，更遑論還要找出當中隱藏的行動線索。可是，她知道自己絕不能把書買走。

她戴著口罩來書店的其中一個原因是減低感染絮鉤腦炎的機會，但另一個更重要的原因是避免留下自己接觸過這本書的證據。雖然她走進書店就註定會被閉路電視拍攝到，警方有可能藉著眼睛和其他口罩遮掩不了的特徵而認出她，但全港書店有過百間，扣除沒有售賣這本書的估計仍有數十，每家店每日都有大量顧客進進出出，警方幾乎不可能藉著調閱多如牛毛的閉路電視片段來確認她接觸過這本書。

不過，假設她拿這本書去付錢，收銀機就會記錄下她購買這本書的時間，把範圍大大縮窄，尤其如果這本書銷量不佳的話，警方要找到她接觸過這本書的證據就更易如反掌。

儘管她買了冼嘉浚的書不直接等於她和冼嘉浚合謀殺人，但她和冼嘉浚在茶餐廳裝作不歡而散的一幕就等於不攻自破。無論如何，黎麗娟不希望因爲自己的過失打亂了冼嘉浚那個自稱萬無一失的計畫，現階段還是留下越少的證據越好。她於是把書放回書架，決定稍後再以其他方法來閱讀此書餘下的部分。

小說世界

└→ 第四章〈調查〉

1

黃俊軒吩咐高天宙前往搜查證據的當日下午，高天宙丟下原本的工作，立刻出發前往M出版社。

M出版社位於X市東南方的工業區，地點偏遠，高天宙從未去過。他花了相當長的時間轉車，到達工業區後又在附近繞了一會，才找到那座工業大廈。他乘坐著電梯前往出版社所在樓層時，打開黃俊軒交給他的調查清單，禁不住嘀咕起來：「眞是的！案發當日主導搜證的督察是怎麼搞的？爲什麼會缺了這麼多資料，害我要再跑一趟。」高天宙以爲這宗案件原屬其他組別負責，他不知道實情是案發當日他請了假，黃俊軒只隨便找了「臨時替工」去做了最基本的問話，眞正的調查幾乎全未開始。高天宙現在其實只是完成自己沒有完成的工作罷了。

「叮。」不一會，電梯到達M出版社所在的樓層。

高天宙一邊看著調查清單，一邊推門走進M出版社，心裡仍在埋怨著，卻因此一時走神，碰掉了出版社大門旁邊展示著的一本書籍。

他見狀馬上伸手想把書撈住，卻剛好慢了一點，手指只碰到書衣。不巧，正因爲手指施加在書衣上的摩擦力，書衣和書腰被牽扯開來，結果書本、書衣和書腰三者分開散落到地上，一片狼藉。

高天宙加入警隊不久，對於撞落人家的東西仍會感到歉疚，但最令他震驚的是他看到掉在地上這本書的書脊位置上沒有書名，只露出摺成一疊疊的紙和穿線，對他來說怪醜陋的。

他吃了一驚，心想還未開始調查就闖禍，把出版社的書撞爛了。他蹲下想把書拾起來時，出版社內的一名女職員聽到聲音後走過來一看究竟。

高天宙連忙道歉，緊張得有點吞吞吐吐地說：「呃，對、對不起，我撞跌了這本書，但現在好像有點問題……是我弄壞了這本書嗎？」

女職員看了看地上的書，眨了眨眼，呆了半晌才總算猜到他這麼緊張的原因，問：「你是第一次看到裸背線裝[3]書嗎？」

他其實聽不懂那個詞語，但猜到對方的意思是那本書本來就是這樣，放鬆了一點，反問對方：「所以，我沒有把書弄壞？」

「有啊！」女職員故意開他的玩笑，然後拿起書向他解釋：「你看，這邊的書角都撞平了。」

「那……我要賠償嗎？」高天宙不安地問。

「還好這本書只是展示用，不會用來賣，算了。」話畢，她向高天宙微微一笑，暗示她只是說笑。

高天宙這時終於認出這名女職員就是海葆嵐。他之前一直沒有為意，是因為她跟資料中的照片，還有上司的描述有很大的出入。他記得黃俊軒說過，案發當日在M出版社看到她時，她面如死灰，還喃喃自語，好像很受打擊。沒料到不到一星期，對方已恢復過來，還有心情跟他開玩笑。

不過，高天宙再仔細想想，又覺得這很正常，畢竟死去的只是上司，如果黃俊軒死了，他也不會怎樣傷心……呃，也不一定，畢竟他還未從黃俊軒身上學到什麼探案技巧。

海葆嵐拾起了書衣和書腰，把它們套回書籍之上。她眼見對方仍呆在原地，他既不是出版社的員工，也不像是出版社的合作伙伴，只好開口問：「請問你是來找誰呢？」

3 裸背線裝：書本裝幀方式之一，有別於一般的平裝（又稱膠裝）書，不以書封和膠在裝訂處固定，只以針線穿孔縫製成書，通常用於需要完全攤平的書籍。為了不讓醜陋的書脊暴露於人前，通常會蓋上書衣，書衣也因此是紙本裸背線裝書的重要部分之一。

「呃……」高天宙回過神來，想起海葆嵐並不是他這次的調查對象，決定先不透露身分：「我約了市場部的呂幗珮，可以請妳帶我去找她嗎？」

2

呂幗珮是M出版社市場部的主管，兼任總編輯關梅喜的祕書，算是出版社內與死者關係最密切的員工，經常陪伴他出席各種活動。她同時是出版社內最資深的高級員工，在總編輯出缺期間，暫時擔當起出版社負責人的工作。在案發當日，她因爲情緒過於激動而暈倒，被送往醫院，警方因此尙未向她錄取口供。高天宙事前已聯絡她，除了希望取得她的口供外，還想索取出版社內閉路電視片段，於是親自來一趟。

海葆嵐帶領高天宙去到呂幗珮的座位後，就回去工作。由於這宗案件仍在調查階段，出版社內各人仍有嫌疑，警方亦未對外公布關梅喜的死因，高天宙於是問：「呂小姐，這裡有較隱密的地方，方便我們詳談嗎？」

呂幗珮展現出商業界的標準微笑，並建議道：「我們去會議室吧。」

「好。」高天宙和應，呂幗珮於是收拾必要的東西，帶領對方前往會議室。

高天宙跟在呂幗珮的身後，細心打量著對方。年近四十的呂幗珮給高天宙一種既穩重且親和的感覺，似乎是她擔任市場部主管已久所培養出的個人魅力。相比他剛見過的海葆嵐，高天宙對呂幗珮感到更親切、更有好感。不過，他並沒有忘記對方現階段同樣有嫌疑，而且她和死者在出版社內接觸的機會最多，發生摩擦的機會也最多。

二人到達會議室。甫坐下，呂幗珮就把兩片光碟禮貌地遞到高天宙的面前說：「高督察，這是出版社內兩台閉路電視在案發前一星期拍攝到的片段，麻煩你們了。」

「謝謝。」高天宙原本想先向呂幗珮錄取口供，但現在乾脆先順勢查問有關閉路電視的事情：「你們整間出版社就只有兩台閉路電視嗎？它們在什麼位置？」

「對。我們出版社進駐這工業大廈已有十多年，當年因爲技術和成本問題，只在大門接待處的範圍裝設了一台閉路電視，一直沿用至今。另一台其實原本不是由公司裝設的，只因過去有一段時間，茶水間冰箱內的食物和飲品經常被盜，員工於是自行在茶水間安裝了一台。到前兩年出版社裝修和整合保安系統，才把茶水間那一台正式納入公司的保安系統內。」

高天宙想起關梅喜的表面死因是食物中毒，而他死前是在吃妻子做的便當，茶水間的閉路電視或許能提供重要的線索。他收好兩片光碟後，續問：「以妳所知，關梅喜在平日的午飯時間，都會留在總編輯房間內吃妻子做的便當嗎？」

「對，十多年前我加入出版社時就已經是這樣。關先生說可以節省時間工作，不用外出跟人擠，吃飽了又可以睡個午覺。」

「除了他之外，有其他人會留在出版社內吃午飯嗎？」

呂幗珮詳細地解釋：「M出版社是MM集團的子公司，這座工業大廈正是MM集團的物業，集團旗下不少公司都在這裡。工業大廈內設有食堂，爲集團內所有子公司的員工提供膳食，所有員工皆可用低於市價享用到午餐，而且環境寬敞，就算是午飯時間也不愁找不到位子，再加上關先生人緣不佳，大家都不願在私人時間跟他共處，所以出版社的員工都會離開辦公室，到食堂或外出用膳。整間出版社以往就只有關先生一人會留在辦公室內使用微波爐及吃午飯。」

「以往？」高天宙察覺到這句話背後隱藏的訊息，馬上追問：「妳的意思是最近的情況有變？」

「是的，在三個月前開始，其中一名編輯也留在辦公室吃午飯。」

「是誰？」高天宙緊張地問。

呂幗珮直視著高天宙，淡淡地回應：「海葆嵐。」

竟然是她！高天宙差點把這句心聲宣之於口。他之前已對海葆嵐這麼快恢復過來感到奇怪，現在看來，或許她在案發當日的反應只是僞裝出來的！

高天宙壓抑著內心的激動，繼續話題：「關梅喜妻子做的便當，一般來說是熱食還是冷食呢？」

「都是熱食。關先生是很傳統的人，午飯一定要有熱飯熱菜。」

「那麼他每天把便當帶回來後，是先放進冰箱冷藏，午飯時才用微波爐重新加熱吧？」

「對。」

「是他自己加熱嗎？」

「也對。」

對答至此，高天宙察覺到不尋常之處，於是突然轉換話題，想殺對方一個措手不及：「妳爲何如此清楚關梅喜的午飯習慣呢？」

不過，呂幗珮並沒有被嚇倒，仍一臉平靜地提供合理的解釋：「因爲最初是由我替他加熱便當，但不久後我就推卻了這項工作。」

「妳爲什麼要推掉？」

「因爲這項工作剝削了我的午飯時間，更令我不能和其他同事一同去吃飯。而且我只是他工作上的祕書，不是私人祕書，我兼任祕書一職亦沒有額外薪酬。」呂幗珮一如早前般平靜地回答，但其回答內容已隱隱透露出她對關梅喜的不滿。她說過關梅喜人緣不佳，出版社內所有人都不希望在辦公時間以外跟他共處，看來這個「所有人」包括她自己在內。

「妳推卻這項工作後，關梅喜有向妳表示不滿嗎？」

「他起初的確是有抱怨過，但實際上出版社內並沒有其他人要加熱便當，根本沒有人會跟他爭用茶水間那台唯一的微波爐，他很快就習慣了自己加熱便當。順帶一提，這件事已經是我初入職不久的事，並不是近年才發生。」

高天宙覺得呂幗珮很不簡單，她至今無論回答任何問題都一臉平靜，卻突然「順帶一提」，暗示她和關梅喜最近並沒有發生衝突。高天宙不禁在想，對方能洞悉他每一道問題的目的，到底是因爲自己太幼嫩，還是對方在工作期間閱人無數、經驗太強？

高天宙對此當然沒有答案。他返回之前的話題，問：「妳之前說，海葆嵐在三個月前開始留在出版社內吃午飯，她和關梅喜不就會爭用微波爐了嗎？」

「那倒不會。我當時提醒過她這點，她表示會避開關梅喜的習慣來使用微波爐。」

「妳知道海葆嵐爲什麼突然選擇留在辦公室吃飯嗎？」

「我記得她當時說過，早前做了身體檢查，醫生說她的膽固醇及血壓偏高，她於是開始按照醫生及營養師的建議，戒掉外出用膳，改爲按照營養餐單進食。對了，我當時很好奇想知道怎樣吃會較健康，於是借了她的營養餐單去影印，稍後可以給你。」

高天宙盯了對方一眼後，轉換到另一個很重要的話題：「我之前聯絡妳時，妳提過在總編輯出缺期間，妳會暫時擔當起出版社負責人的職務。所以之後也會是妳正式接任他的職位嗎？」

「不，絕對不會。」

「爲什麼？」

「按照公司慣例，總編輯一職會由最資深的編輯晉升，而我是市場部的人。」

「那麼誰是出版社現時最資深的編輯呢？」

呂幗珮幾乎沒有思考，就直接回答：「海葆嵐。」

高天宙忍不住在對方面前倒抽了一口涼氣。他發現自己不愼暴露了心思，馬上望向上司給他的清單，發現還剩一點未問，於是想藉此掩飾窘態：「妳知道關梅喜有沒有需要長期服藥？」

「這點我就不知道了，不好意思。」

高天宙要問的東西都大致問過了。他剛才一時失手，竟把自己的想法暴露出來。誠然，只根據呂幗珮剛才的口供，海葆嵐的嫌疑實在非常大，但他憶起第一日向上司黃俊軒報到時，對方曾提醒過他，探案和科學研究很相似，就是要懷疑所有的人和事，想辦法找出證據去支持或推翻懷疑。高天宙覺得，呂幗珮的供詞未免太順理成章，整件事的所有矛頭均直指海葆嵐——出事前只有海葆嵐和關梅喜在辦公室、海葆嵐在三個月前開始留在辦公室吃午餐、關梅喜死了將由海葆嵐坐上他的職位。她甚至保留了海葆嵐的營養餐單，莫非是想藉此陷害海葆嵐？

雖然黃俊軒的清單上並不包括查問呂幗珮對關梅喜的死有何想法，但他實在很好奇，希望可以推敲出呂幗珮是否另有盤算。

他考慮到對方一直表現得非常平靜，認爲對方是個審愼的人，繼續這樣審問不見得會問出什麼，於是提早結束這場調查說：「今日實在很感謝妳的熱心協助，妳提供的不少資料都對偵查這宗案件很有幫助呢。」

「不用客氣。」呂幗珮露出久違了的微笑說。

高天宙一邊收拾桌上的文件，一邊不經意地道：「希望我們能夠早日破案，相信妳和關梅喜都會感到高興。」

呂幗珮沒有回應，笑容卻逐漸苦澀起來。

高天宙連忙道：「抱歉，我說錯話了，人死了又怎會高興？不過，我猜妳和關梅喜的關係不錯，他應該是個好上司吧？」

「不……」呂幗珮的聲音變小了：「關先生不是一個好上司，但我也很希望警方能夠早日找出眞相，把凶手繩之以法。」

高天宙這時已收拾好東西，卻佇立在原地，和對方保持著距離，溫柔地問：「爲什麼呢？」

「關先生死了，下一任總編輯未必會再信任我和找我兼任祕書，那我的地位就不保了……」呂幗珮似乎發現自己多言了，岔開話題道：「對了，我去把海葆嵐的營養餐單拿給你吧，請你稍等一下。」

「呃。」高天宙截住了對方：「妳有各編輯負責的作者名單嗎？這個資料警方也想要。」

「沒問題，我的電腦內有這個資料，請你多等一會就好。」

「謝謝。」

高天宙剛才是使用了某些媒體專訪的技巧，假裝提早結束訪問並關掉錄音機，讓受訪者放下戒心並多說幾句心底話。雖然他不算完全成功，但總算從呂幗珮的幾句話當中，推測出她和死者的利害關係，以及她積極協助警方的原因——呂幗珮對關梅喜果然沒有好感，但對方能保住她在出版社內的地位；她不忿兇手殺死了關梅喜，動搖了她的地位，故積極與警方合作。這樣看來，她未必是刻意陷害海葆嵐，可能只是她直覺認定海葆嵐是兇手或與案件有關，才斬釘截鐵地把所知都一一告訴警方吧？

3

高天宙取得呂幗珮的口供後，連同閉路電視片段、各編輯負責的作者名單和海葆嵐的健康餐單帶走細心研究。研究期間，警署內發生了一點行政事務需要他處理，閉路電視片段亦相當之長，結果到一星期後，高天宙才完成所有研究和查看所有閉路電視片段。

他帶同整理好的資料，前往總督察的房間向上司匯報：「報告黃總督察，案件已完成調查。」

「小天，做得好。」黃俊軒當時悠閒地躺在椅背調向後仰的辦公椅，他的頭一直擱在椅背，沒挺起身子，就這樣向高天宙說：「不過，案件尚未完成調查，你只是完成了清單內的項目而已。」

高天宙怔了半秒，對上司的姿勢、稱呼和回覆都感到詫異。「算了！」他心想，反正上司這副德性，他又不是第一日知道，於是繼續說：「那我開始報告，第一項是有關……」

高天宙還未開始說，黃俊軒就好像已經破了案一樣，自信滿滿地打斷他的話：「不，我先說，因爲我已經大致想到這件事的來龍去脈了，之後再靠你的資料來確認一下。」

高天宙不禁納罕，他多番整理手上的資料後，仍沒有半點頭緒；如果黃俊軒連資料都沒有，即便他是神探轉生，也無可奈何吧？不過，他很快就知道是自己的預設錯了，他以爲對方眞的一直悠閒至今，沒料到上司在這段時間也有在背後努力調查。

黃俊軒續說：「小天，這宗案件的重點其實是跂踵病毒。你知道最近在C國爆發跂踵病毒一事嗎？」

「有聽聞過，但跟這宗案件有關嗎？」高天宙不解地問。

「有，而且關係密切，你很快就會明白。我在『暗網』[4]內找到……」

「暗……暗……暗網？」高天宙驚訝地打斷黃俊軒的話：「原來就是你在警署

上暗網！難怪資訊技術部的同事前幾日通知我，說我們的電腦有異常，害我花了不少時間處理。黃總督察，我不是經常說，不要亂去來歷不明的網站嗎？」高天宙兼管組別的資訊技術事宜，所以對這種事特別著緊。

黃俊軒向他解釋：「你知道嗎？我們平日瀏覽的網站，只不過是網路內容的冰山一角。你能想像甚至想像不到的事情，如軍火交易、人體器官買賣、個人資料和隱私交易、虐待動物的片段等，都可以在暗網上找到。」

「你不會告訴我，你的探案祕訣就是上暗網吧？」高天宙瞪大眼睛問。

「那又有什麼關係呢？科技進步，現在線人[5]都用加密貨幣來收款了，我們又怎能拘泥於使用傳統方法呢？最重要是成功破案嘛。」黃俊軒沒好氣地拉回正題道：「我在暗……唉！總之，我用自己的方法，找到有關跂踵病毒的資料，總算大致弄清事情的來龍去脈。」

上司這樣說，高天宙也只能無可奈何地嘆了一口氣。黃俊軒續說：「跂踵病毒殺人的原理，在於它潛伏在人體後，在特定的情況下，會吸收胃部的茄類植物基因，並大量製造出龍葵鹼。這個過程非常迅速，所需的茄類植物基因非常之少，即使只是吞下微量的茄類植物，就已足夠產生致命劑量的龍葵鹼。」

高天宙對黃俊軒拿到資料的方法仍有不滿，但這時他已明白事情的關鍵，立刻搶著說：「啊！那就是說，死者關梅喜早就感染了跂踵病毒，然後便當內的微量馬鈴薯及番茄成了催化劑，令他體內的跂踵病毒發病而致死。」

黃俊軒翻了一下白眼，道：「我都說得這麼明白了，還會有其他可能嗎？」

「那麼，凶手果然就是那個編輯海葆嵐！」高天宙興奮地說著自己的發現：「我上星期去了M出版社，看看他們公司內的閉路電視會否拍到可疑片段。出版社本來只在大門設置了一台閉路電視，但因爲過往不時有人偷吃冰箱內的食物和飲品，於是員工又自行在茶水間安裝了一部……」

黃俊軒眼見高天宙久久未入正題，催促道：「請快說重點。」

「是的。」高天宙花了很多功夫才拿到重要證據，然後又浪費了不知道多少個晚上加班觀看閉路電視片段，他本來打算逐一細說，以顯示自己的勤奮，卻被上司制止，心裡暗帶不高興。不過，他還是聽從指示，立刻進入正題：「在茶水間內的

---

4 暗網（Dark Web）：位於深網（Deep Web，指不能夠被一般網路搜尋引擎搜尋到的網域）中、只能利用特殊軟體或設定才能存取的網域，內容多是違法或見不得光的東西。

5 線人：X市術語，向警方提供情報的人。

閉路電視，拍攝到在案發當日並沒有人在關梅喜的便當做手腳。但在午飯時間前，海葆嵐把她的番茄馬鈴薯湯放進微波爐加熱；然後到午飯時間，關梅喜就把便當加熱，因而沾染到微量馬鈴薯及番茄。」

「因爲這點，你就認定海葆嵐是凶手？」

「當然不只這點。」高天宙解釋：「我向兼任死者祕書的市場部主管呂幗珮查詢過，原來多年來，整間出版社就只有死者一人會留在辦公室內使用微波爐及進膳。不過，海葆嵐就在三個月前開始，也留在辦公室吃午飯。」

「原因呢？」

「她在三個月前開始按照醫生及營養師的建議，戒掉外出用膳，改爲按照營養餐單進食。該餐單每半個月循環一次，那個湯正是其中一日的午飯。」高天宙說罷，把當日從呂幗珮手上拿到的餐單影本遞給黃俊軒看個究竟。

黃俊軒閱讀過清單後說：「儘管馬鈴薯、番茄、茄子的確經常出現在餐單內，但那些畢竟是尋常而健康的食物。即使海葆嵐在三個月前才開始使用這餐單，沒有跂踵病毒的話，把這些尋常食物放進微波爐，根本不會間接引致總編輯死亡。真的要說的話，可能只是巧合？」

「你也說得有道理。不過，現在總編輯死了，身爲出版社內最資深的編輯，她升職接任的機會最大，關乎到利害，現階段不能完全把她殺害總編輯的可能抹殺。對了，說起來，總編輯體內的跂踵病毒到底從何而來呢？」高天宙問。

4

要解開這一點，就要靠吳美霞的研究。在黃俊軒找到有關跂踵病毒的資料後，她通宵達旦工作了幾日，總算在昨晚完成大量檢測，把資料送到黃俊軒手中。不過，這是有代價的，黃俊軒要私下送吳美霞一個美容療程，以彌補她因通宵工作而令皮膚受到的職業傷害。

黃俊軒拿出報告，以回應高天宙的提問：「美子從死者桌上一封信的墨水中，驗出大量跂踵病毒，相信那就是死者感染病毒的來源。而在出版社內不少的物件中，美子都驗出微量跂踵病毒。」

「慢著。」高天宙問：「一般病毒應該不能在生物體外長期存活吧？即使凶手故意在墨水中加入病毒，信也不一定是關梅喜親自拆閱，也難保他一定會中毒吧？」

「未必，因爲跂踵病毒異常頑強，在一般的無機物質中能存活四至十天，該信使用的信紙恰巧是環保輕質紙，表面凹凸粗糙，提供大量可供病毒藏匿的縫隙，或會進一步提升存活期。加上跂踵病毒的潛伏期長達七日，人類雙手接觸過病毒後，就會成爲載體散播病毒。即使是編輯或祕書替他拆信，仍有可能透過日常接觸把病毒傳染給關梅喜。我們已通知傳染病防疫中心，立刻採取隔離和檢測措施，希望趕得及阻止病毒擴散。」

「啊，事情竟然這麼嚴重……」高天宙感到震驚，不過他的心思仍集中在這案件上，繼續道：「這樣說來，現在只要知道信從何來，就知道誰是凶手了。那封信到底是誰寄來的呢？」

「是M出版社旗下的一名作家石松律。他於一年半前跟出版社簽訂合約，合作出版兩本書，但第二本書出版社遲遲沒有推出，他於是按照合約的條款，在簽訂合約十八個月後發信過去，要求取回著作權，該信正是由此而來。」黃俊軒把信放到二人之間，讓高天宙確認。

「信的日期是半個月前，的確是來自石松律啊……」高天宙邊看邊確認著說。

黃俊軒覺得高天宙不信任他，不快地回應：「我就說了信是來自石松律，難道我會騙你嗎？」

「不，我不是這個意思。不過，負責作家石松律的編輯，恰巧是海葆嵐。你看，這是M出版社各編輯負責的作者名單。」

「啊！」黃俊軒看到名單及得知二人的關係，不禁吃了一驚。他緊接著認真地吩咐：「小天，你立刻去調查一下，嵐妹妹和石頭哥二人最近有沒有接觸、在哪裡接觸、如何接觸等，我懷疑他們二人合謀殺死總編輯。」

高天宙聽到上司以「嵐妹妹」及「石頭哥」稱呼二人，花了好幾秒才消化得了：「好，沒問題。」

臨離開前，高天宙突然想到了一個不解之處，於是把身子轉回來問：「奇怪了，既然你剛才說，在出版社的物件中都驗出了跂踵病毒，照道理海葆嵐都會接觸到，爲何她沒有感染病毒呢？」

「你錯了。」黃俊軒回答：「我估計，她可能也感染了病毒。石松律的信件現在放在我們二人面前，我相信我們都被感染了。」

「欸？」高天宙嚇得立時向後彈開，重重地撞向身後的文件櫃。不過，在病毒的威脅下，他已不記得痛，只一臉惶恐地盯著黃俊軒及桌上的信件。他甚至忘記了自己去過M出版社，其實在接觸這封信前也可能早已受到感染。

「對呀，我沒有騙你。」黃俊軒覺得這個狀況還未夠可怕，竟在抽屜拿了個番茄出來道：「你看，現在我們都接觸過番茄，應該很快就會死了。」說罷，他突然把番茄抛向高天宙。

高天宙嚇得驚叫起來，並一躍彈跳到遠處。他避開了番茄，番茄就撞向原在他身後的文件櫃，整個爛掉，汁液頓時四濺。

「喂！」黃俊軒大喝：「你怎麼不接著它？現在爛掉了，整個房間都弄髒了！」

高天宙這時已瑟縮在房間的一角，歇斯底里地低吟：「我不想死！我還有很多心願未了，我未試過愛愛，我還想破案啊。」

「你這個笨蛋原來是處男，而且死到臨頭還想破案……算了。」黃俊軒動了惻隱，決定說出眞相：「我作弄你而已，我們都不會死。」

高天宙緩緩抬起頭，重新站起來，但仍一臉疑惑地望著黃俊軒。

黃俊軒說：「你忘記了嗎？我剛才就說過，感染了跂踵病毒的人，在特定的情況下，接觸到茄類植物才會發病。只要無法滿足那特定的情況，就不會有事。而且，桌上的信件只是影印本。我剛才說過已通知防疫中心隔離和檢測跟M出版社及石松律相關的人和物，你動動腦也應該知道正本不可能留在這裡散播病毒吧？」

「嘻嘻，是嗎？我眞失儀。不過你這個玩笑也未免開得太大了吧？我眞的以爲會死啊！」高天宙尷尬地抓著頭問：「那麼，特定的情況是什麼？」

黃俊軒這時又突然把一份文件擲出，這回高天宙總算接住了。黃俊軒續道：「這個我本來打算自己調查，現在我要收拾房間。小天，你代我去！還有，你去過M出版社，快去聯繫防疫中心做病毒檢測，不要到處傳染人！」

話畢，他隨手拿了辦公室內一面錦旗，打算用來撿走爛番茄和抹掉汁液。

「呃……」高天宙本想叫停上司，因爲他看不到錦旗的正面，誰知道會不會是很貴重的紀念品？但他想起剛才被嚇個死去活來後，換來的只是更多的工作，就把心聲嚥下[6]，靜靜地離開了房間。

黃俊軒看著對方的背影，自言自語地道：「小天眞是笨蛋，我才不會這麼傻跟你同歸於盡呢。呃，對了，我很久之前也去過M出版社，是否也應該去做病毒檢測呢？我們警署是否也要消毒呢？」

6 高天宙沒有說出的心聲是：「這個不應該這樣使用的。」

5

高天宙進行跂踵病毒快速測試，確認沒有受到感染，而且他去M出版社已經是一星期前的事，早已過了病毒的潛伏期，所以翌日他就繼續出發調查關梅喜的命案。

他看過黃俊軒給他的資料，加上他早前的調查結果，覺得上司認爲作家石松律和編輯海葆嵐合謀殺死了總編輯關梅喜的推測相當合理。不過，要確定推測正確，還必須有足夠的證據。

現在欠缺的關鍵證據，是證明石松律和海葆嵐二人曾合謀，以及關梅喜遇案時體內爲何會有某種東西而滿足了發病的特定情況。後者算是較簡單，關梅喜的妻子應該會知道答案，所以高天宙已經聯絡對方，過幾天會登門造訪。

可是，要證明石松律和海葆嵐二人合謀就困難得多了。

高天宙已請警方的技術部門協助，聯絡電訊公司及索取二人的通訊證據，但結果是沒有任何紀錄。技術部門回覆指出，根據電訊公司的紀錄，他們二人沒有直接致電予對方，也未曾以ＳＭＳ訊息聯絡。

「那手機訊息呢？」高天宙當時問技術部門的同僚。

「如果他們使用WhatsUp[7]聯絡，由於此手機軟體應用端到端加密[8]技術，電訊公司只會知道他們和該軟體的伺服器傳送過資料，但不會知道他們和誰通訊；即使是通訊軟體的伺服器，也只會知道他們二人聯絡過，而看不到他們二人到底說過什麼——除非我們有辦法拿到他們其中一人的手機。」

「知道他們通過訊息就夠好了！」高天宙看到曙光，興奮地說：「那你們快去找WhatsUp公司索取他們二人的通訊紀錄吧。」

「沒用的，WhatsUp公司最看重用戶隱私，他們從不會爲單一案件向警方或政府披露用戶的資料或使用狀況。」

「電郵或者視像通訊呢？」

---

7 WhatsUp：本故事虛構的軟體，是X市內市場佔有率最高的手機通訊軟體。

8 端到端加密（End-to-end encryption）：一種讓只有參與通訊的用户才能讀取到通訊內容的技術。使用端到端加密技術軟體可防止竊聽者（包括電訊公司、網際網路服務供應商、政府部門，甚至該軟體的服務提供者）破解用户之間的通訊內容。換句話說，若不是相關的通訊用户就無法讀取到任何訊息。

「原理跟手機通訊軟體差不多。雖然不是所有電郵供應商或者視像通訊軟體都支援加密功能，特別是電郵使用的是有數十年歷史的通訊協定，而且涉及雙方的電郵供應商，只要任何一環沒加密或願意提供資料予警方就行，但如果不知道他們使用什麼電郵或軟體以及在什麼時間溝通，我們也很難在恆河沙數般的通訊數據中找出證據。」

「那就沒有其他方法了嗎？」高天宙爲了破案心急如焚，提出了另類的建議：「在暗網會找得到人協助嗎？」

技術部門的同僚對高天宙的建議吃了一驚，但他很快就想到原因：「啊！原來你就是悠閒警探的新下屬。」

「對，有什麼問題嗎？」

「眞是的！他到現在還是這麼亂來……」他勸告高天宙：「暗網這種東西你還是不要亂碰爲妙，該處藏匿著各種壞蛋和駭客，你一不小心被盯上，就麻煩大了。」

「但悠閒……」高天宙想起自己是黃俊軒的下屬，在同僚面前還是用回較正規的稱呼較好：「但黃總督察他使用就不怕嗎？」

「他……他就算了，已經沒救……總而言之，他那些離經叛道的探案手法你還是不要學好了。」

最終，高天宙無法從電訊公司那邊得到任何有用的證據。

在苦無辦法之下，他曾想過回去請教黃俊軒應該怎辦，畢竟自己在探案方面還是新手，不知道該怎辦的話，直接去問上司應該不是什麼大問題，總比案件一直耽擱下去好。然而他不想示弱，不想被作弄，更不想聽到對方稱呼他作小天——他總覺得被另一個男人這樣稱呼有點噁心。

他再次想起上司去暗網找尋跂踵病毒資料一事。在技術部門同僚勸告過後，他當然不打算使用，但他想到或許可以嘗試類似的走偏門方法。

要證明石松律和海葆嵐二人合謀，就要找到他們二人聯絡的證據。電話或網路通訊這兩條路行不通，剩下就只有看看他們會否見過面。雖然現今到處都設有閉路電視，但在不知道確實日期或地點的話，要找出他們二人是否有碰過面其實等同大海撈針。這宗案件不是驚世大案，也難以要求大量人手協助觀看多不勝數的閉路電視片段。

那就要從其他方面想想，有沒有可能找到他們見過面的線索。

石松律是專職作家，平日深居簡出，也絕少跟其他人溝通，這方面的線索似乎相當有限。

至於海葆嵐那邊，高天宙馬上想到有一個人或許可以幫忙：她大方得體，善於觀察其他人，不隨便透露自己的感情，卻對關梅喜的死感到不忿，她樂於協助的機會很大。

高天宙於是想馬上致電予對方，但在撥出電話前倏地停了下來。他想起這次不是工作上的正式聯絡，還是不要留下輕易追查到的證據較好，改爲利用WhatsUp發訊息給她：「呂小姐，妳方便一起吃個午飯嗎？」

6

高天宙到達時，呂幗珮已在位於M出版社對面的中式餐館內安坐著。由於桌子的位置在餐廳靠近窗邊的一角，不大好找，她於是站起來，輕輕地向高天宙招手。

「妳等了很久嗎？」高天宙沒想好開場白，脫口而出說了彷彿只有第一次約會才會說的話。

呂幗珮忍俊不禁，還嘲諷他道：「你今次約我，不會是對我這種老女人有興趣吧？」

「呃……」高天宙一時間不知如何反應，臉頰漲紅起來。

「我作弄你而已。」呂幗珮放過他，回復一貫的穩重，示意請他坐下後，續說：「是關於關先生的案件吧？」

「對，有些事情我想私下請妳幫忙。」

呂幗珮收起了臉上的和善，直視著高天宙問：「你認爲我一定會幫你嗎？」

「不一定。」高天宙嚥下口水，也直視著對方道：「但我看得出妳對關梅喜枉死一事很不忿，若是些妳能做到的簡單事情，我相信妳很樂意幫忙，替他報仇。」

「你說錯了，我才沒興趣替他報仇。我只是爲自己報仇。」

高天宙眨了眨眼，對呂幗珮的話大惑不解。呂幗珮欲言又止，彷彿要一點時間整理思緒，高天宙於是建議：「我們不如先點菜，一邊吃一邊說吧。妳熟悉這裡，有什麼值得推介的菜色嗎？」

呂幗珮暫時擱下心中的煩惱說：「這裡有很多有名的菜式，我來決定吧。放心，我不會要你請客的。」

不久，侍應生把這中式餐館的招牌菜式逐一送上，包括脆皮炸子雞、蝦多士[9]和焗西米布丁，色香味俱全，高天宙吃得差點忘記這次約見呂幗珮的目的。

桌上的食物已吃掉超過一半，呂幗珮終於開腔，詳細解釋剛才的話：「我在十多年前加入M出版社時，其實也是編輯。海葆嵐比我遲七年加入，她入職時我們正在籌備X市書展的新書，整個編輯部陷入一片混亂的作戰狀態，根本沒有人有空教導她什麼，她就成了所有人的助理，協助處理一些瑣碎事。」

「當時我和副總編輯正在忙於製作一本有關起司的食譜。那時候副總編輯剛好看到有一個部落格有大量的起司食譜和照片，很適合收錄到書中，於是吩咐我找那位作者，希望可以獲得她的授權。我知道獲得授權這部分很重要，原本是打算自己做的，但剛巧海葆嵐看到我瀏覽那個部落格，她說她很常去，也和該部落格作者有聯繫，不時交流烹調心得，建議我把這個工作交給她，由她幫忙去聯絡對方。」

「老實說，我是有點擔心，畢竟當時她加入出版社不久，經驗欠奉，但那時候我已忙得不可開交，而她又好像眞的熟悉對方，似乎比較容易談得攏，我只好放手把事情交託給她。那時候我有把要達成共識的重點告知她，包括對方授權我們把部落格的某些食譜收錄在書內、我們可提供的稿費，以及我們會在版權頁列明哪些部分是來自該部落格。我還請海葆嵐把相關的回覆儲存和列印出來，放進書本的工作資料夾內，方便將來有需要時可以查閱。她當時表示清楚明白，但……」呂幗珮說到這裡，呼出了一大口氣，對於重視形象的她來說，這一下彷彿是嘆出十數年來的冤屈悶氣。

任誰都知道呂幗珮和海葆嵐之後發生了不快的事情，高天宙實在按捺不住，迫不及待地追問：「之後出了什麼岔子，對吧？」

「不，其實不用等到之後，當時問題已經出現了，只是我和副總編輯都沒留意到，種下了禍根。」呂幗珮繼續道出下半部分的故事：「我把事情交給海葆嵐後，幾天後她就辦妥了。她說對方很樂意授權給我們，而且因爲食譜的版權頁已鳴謝了部落格，稿費她也不用收了。我對事情如此順利感到半信半疑，但海葆嵐列印了對話內容，展示給我看。由於內容有好幾頁長，當時忙得快瘋掉的我只快速看了最後一頁，的確看到對方確認『願意免費提供授權，只須在版權頁上鳴謝』的字句，就沒有深究下去，把那疊對話存檔。」

「那本起司食譜製作順利，在X市書展時熱賣，之後還不斷加印，很快就售出過萬本。然而，約三個月後，海關[10]突擊上門調查，表示他們收到投訴，指出版社

9 蝦多士：又名鍋貼明蝦，粵菜菜式，做法是把蝦拍打成蝦膠，置於小片吐司上油炸至金黃酥脆。

10 海關：X市雖設有知識產權署專責宣傳和提倡知識產權相關的事務，但有關知識產權的執法行動則由海關負責。

售賣侵權書籍，說的竟然是那本起司食譜，當中含有未經授權而抄襲那個部落格的內容。」

高天宙一臉不解地問：「但海葆嵐不是已經拿到了授權嗎？」

「問題就在這裡。」呂幗珮說：「我和副總編輯當時馬上翻查資料夾內的存檔，發現海葆嵐向對方說得有點含糊，沒有很清楚說明食譜會用作公開商業銷售，恐怕是當中出了什麼誤會。我們馬上聯絡那個部落格的作者，希望可以補獲授權或者和解，卻聯絡不上對方，最終還是要對簿公堂。」

「在法庭上，我們才知道對方誤以為食譜是印製出來自用和作為烹飪班的教材。而且，那個人表示在正式報案前曾聯絡我們的編輯，但一直沒獲理會，對方才決定採取法律行動。她和我根本沒聯絡過，肯定是找了海葆嵐，但我們這時才知道已經太遲了。法官在判詞中說，出版社、總編輯和副總編輯在這件事上的處理態度魯莽，這麼重要的授權事務竟只交託予新入職的編輯跟進，事後又沒有認真檢查，非常不專業。最終出版社、總編輯和副總編輯都被判罰款。」

「事後，當時的總編輯表面上沒有怪責我們，但在背後肯定承受了不少壓力，他和副總編輯在半年內相繼辭職，我則被『邀請』調往當時剛好有空缺的市場部。總編輯之位後來由關先生繼任，副總編輯則一直懸空，已名存實亡。至於海葆嵐她則什麼事都沒有。」

「不過，妳現在總算是坐上了市場部主管之位。」高天宙安慰對方說。

「你說得對，不知道是幸運還是不幸，市場部的員工流動率很高，幾年後我已經是當中最資深的員工，後來主管退休，我就順利坐上其位。但我其實更熱愛編輯工作，很希望可以做自己喜歡的書，和有潛力的作家合作，但現在我只能以市場部的角色去做。一切都怪海葆嵐。」呂幗珮說話的語調平和，身體卻微微顫抖著，似乎是用盡氣力來壓抑心中的怒火。

高天宙總算猜到對方之前說爲自己報仇的意思，緊接著話題道：「妳和海葆嵐的恩怨我明白了。所以，妳之前告訴過我有關海葆嵐的犯罪證據，都是爲了報仇？當中有多少是眞確的？」

「我才不會像她那麼不道德，誣陷他人！」呂幗珮高聲反駁後，驚覺自己失儀，深呼吸了數下才繼續回應：「我是爲了報仇，但那些事情都是眞的。我只是剛巧發現海葆嵐的行爲古怪，而且有犯罪動機，才把我知道的事一一告訴你，希望可以將她繩之以法。」

高天宙聽過呂幗珮單方面陳述這件往事後，覺得海葆嵐雖然做得不妥當而連累她，但她和副總編輯沒詳細閱讀對話內容，也有疏忽，才會招致法律訴訟。但他這次來的目的不是要判斷誰是誰非，只是想藉呂幗珮獲得更多線索，實在沒必要引起對方的不滿，就決定不多言了。

「我明白了，我們警方會認眞調查這宗案件。」高天宙轉移話題道：「說起來，妳之後有什麼打算呢？」

「關先生死了，海葆嵐應是下任總編輯的不二人選。我不知道她是否仍記得當年發生的事，這些年來她對我不像有什麼不滿，但我不可能忘記是她令我無法繼續擔任編輯工作，這份工我想我可能做不下去了。」話畢，她若有所思地望向窗外。

高天宙喝了口茶，整理一下思緒後，卻發現對方仍凝望著窗外。他不好意思打擾，好些時間過去，對方的聲音才傳到他的耳邊：「我們出版社的人如果外出吃飯，這間中式餐館是我們最常來的，你知道爲什麼嗎？」

高天宙搖了搖頭後，才傻傻地發現對方的視線仍集中在窗外，看不到他的反應，只好補上一句：「不知道。」

「除了因爲附近沒有其他舒適的餐廳外，最主要的原因是這裡可以看到出版社所在的大廈入口，以及總編輯的房間。」她指向對面的大廈說。

高天宙沿著對方手指，望向對面的工業大廈出版社所在樓層，果然看到總編輯的房間。從這裡眺望過去，可以看到總編輯的桌子和椅子的側面，能看清楚房間內是否有人，但如果要看得更仔細的話，就可能需要望遠鏡之類的工具協助。

高天宙終於明白呂幗珮剛剛一直望向窗外，原來是在懷念關梅喜。雖然上次會面時，呂幗珮曾說過對方不是好上司，但總比海葆嵐好。這樣說來，呂幗珮照道理不是凶手，因爲她殺人並沒有好處。

就在這時，中式餐館的侍應生來爲他們二人添茶，剛好看到他們二人都望向窗外。他添茶過後離開時，自言自語道：「對面的工業大廈到底有什麼好看呢？這麼多人都來看……」

耳朵靈敏的高天宙沒有錯過這句話，馬上叫停他道：「不好意思，你的意思是，這裡經常有人望向對面的工業大廈嗎？」

「說不上是經常，其實也有段時間了，好像是半年前……不，應該是更久，我想是大約八至九個月前吧。那時候有一個尙算年輕的男人，幾乎整個月每天都來這裡坐，一坐就是一整天。他表面上是看報紙，但眼睛不時望向窗外，方向好像跟你們剛才一樣，所以我才覺得奇怪。」

高天宙的警察直覺告訴他，這件事不是普通的巧合，肯定跟案件有關。他馬上打開公事包，拿出跟本案有關的人物照片，逐一讓侍應生辨認一下。

當高天宙翻到石松律的照片時，侍應生指著高聲道：「就是他！」

「你肯定？」高天宙問。

「當然，他來了整整一個月，不只我，我相信其他員工都認得他。」侍應生言之鑿鑿地回應過後，這時附近有其他顧客呼召侍應生添茶，他就先行退去。

侍侍應生離開後，呂幗珮無法掩飾內心的驚訝，盡展露在臉上說：「果然是他嗎？」

「妳的『果然』是什麼意思？」

「他之前和關先生在『X市好書大獎』頒獎典禮時發生過爭執，當時幸好我在現場，他們才沒有大打出手。」

高天宙追問：「他們因爲什麼事而起爭執呢？」

「是因爲石松律的《胖勇者鬥瘦魔王》下冊無法出版……」由於事情複雜，呂幗珮花了點時間從頭到尾向高天宙詳細解釋這件事的原委，包括上冊內容遭大幅修改、關梅喜因上冊滯銷而一直拖延出版下冊等。

呂幗珮補充：「在這件事上，我覺得關先生的確有不是之處，但海葆嵐也有責任，因爲關先生自知上冊遭刪改的部分甚多，可能會影響到銷量，事後已吩咐我盡量多發新聞稿和試閱給媒體，又建議我向部分較友好和開放的媒體發放網路上未經刪改、情色味較重的原版，以便吸引大衆的眼球。我於是請海葆嵐和石松律商量，選定節錄的章節給我，但我追問此事多次，海葆嵐始終沒有提供內容節錄給我。另外，我也有主動建議安排新書分享會和簽名會，海葆嵐又說石松律沒興趣出席。」

「石松律知道妳和關梅喜的這些安排嗎？」

「我不肯定，因爲我們一般不會直接找作家，都是透過編輯聯絡。」

高天宙不是也不曾當過作家，他猜不到作家的想法，不知道是否石松律拒絕出席活動和商討節錄內容。但如果把作家當成娛樂界的藝人來想，高天宙就覺得有點奇怪，照道理石松律有機會宣傳自己和新書，應該不會隨便放棄；加上他是專職作家，在時間上應該也有較大的彈性。

高天宙把這件事和起司食譜一事比對，覺得問題很可能是出自海葆嵐，是她疏於職守和懶惰，無心安排，隨意編個藉口推掉關梅喜和呂幗珮的好意，石松律說不定根本不知道這些安排，卻全盤相信海葆嵐對他說的話，因而把上冊滯銷和下冊無法出版全歸咎於關梅喜，雙方於是起了衝突，之後他更輾轉動了殺機。

高天宙心想，這宗案件的關鍵果然是海葆嵐和石松律這兩個人吧？

「對了！」高天宙憶起這次來的重要目的，問道：「妳有方法知道海葆嵐和石松律在何時見過面嗎？」

「這個好像有點困難……」呂幗珮解釋：「M出版社的員工如果要出勤的話，

不用事先申請或通知誰，只要在大門側的白板上記錄下出勤時間和原因即可，這純粹是方便其他人找不著他時知道是什麼原因。如果是與作家見面，一般也會寫上作家的名字。所以，海葆嵐和石松律有沒有見過面，我眞的不肯……咦？」

呂幗珮說到這裡，雙眼忽然微微睜大。她的臉上一向沒有太多的表情，這反應已代表她正想到什麼重要的事，高天宙於是只用心盯著，卻不敢打擾對方的思緒。

「奇怪，我好像有印象曾在白板上看過石松律的名字，但不是最近……」呂幗珮一邊說，一邊沉思。忽然間，她稍提高音量說：「啊！我記得了！那天是『十大好書』開幕典禮，關先生在午飯前離開了辦公室，卻忘了寫在白板上，於是打電話找我，請我代他寫。我去寫時，發現海葆嵐已寫上會在午飯時間去找石松律。」

「『十大好書』開幕典禮的確實日期是？」高天宙問。

「你等等我。」呂幗珮拿出手機，翻查著行事曆道：「是去年十一月。」

二〇一九年十一月，這就跟剛才侍應生說石松律來這裡坐了一整個月的時間差不多。雖然事發在關梅喜死前的八個月，時間點稍微久遠，但他們在那時就商議好殺人計畫也並非不可能。

「這麼久之前的事，妳肯定沒有記錯？」

「肯定。我們做市場和公關工作的人，因爲平日工作需要，要牢記活動流程、台詞、嘉賓的容貌和名字等，記憶力都很強，只要有一些相關的資料協助我們尋回記憶就行。」

高天宙對呂幗珮如此肯定感到很滿意，因爲這條線索實在太重要了，尤其截至此刻警方仍未找到他們二人近期聯絡過的證據。不過，這只是她一人之詞，還不足夠。高天宙於是順勢建議：「那麼妳可以再想想，會不會有其他辦法或線索，推測得到他們二人當日在哪裡會面？」

「唔……」在高天宙再次詢問下，呂幗珮只好嘗試更用力回憶一下，然而她始終沒有確實的答案：「我不記得海葆嵐有說過去哪見石松律，只記得那天，她按照正常的午飯時間出去，但在午飯完結前就回來了，一般編輯跟作家會面很少會這麼快，她給我的感覺好像只是在附近隨便談了幾句的樣子。」

高天宙忽然露出自信的微笑，因爲他已從對方零碎的記憶中推敲出重要線索。

7

高天宙前往會見呂幗珮這一行收穫豐碩，但他距離查出關梅喜爲何會觸發跂踵病毒的發病條件還欠了一塊重要的拼圖。

兩日後，高天宙按照早前已安排好的預約，到訪關梅喜的家，找死者妻子詳談。

關梅喜的家位於距離M出版社不遠處的山上，該處是樓高只有幾層的低密度住宅區[11]。高天宙不禁納罕，社會上不是常有討論，說圖書銷量每況愈下嗎？爲什麼關梅喜一家能住在此處？總編輯的收入有這麼高嗎？

高天宙沒有車子，公共交通工具只能到達山腳，他只好步行上山，在炎熱的天氣下，不一會已汗流浹背。

「叮噹。」高天宙按下門鈴。似乎是因爲住宅面積太大，關梅喜的家傭花了點時間才應門，帶高天宙進府。

高天宙一邊走，一邊留意著屋內的裝修和布置。他本以爲在這豪宅裡會充滿著金碧輝煌或者誇張的裝飾，可是關梅喜的家給人一種相當簡樸的感覺，色調以米白色爲主，家具和擺設不多，顯得空蕩蕩，跟其他人形容他囂張、目中無人的形象很不搭配。

高天宙坐在沙發上，看到桌上放了紙巾，就不客氣地拿來擦擦汗。不久，關梅喜的妻子就從房間步出。她身穿一身素色家居服，臉色蒼白，雙眼浮腫，看來仍未從丈夫的噩耗中恢復過來，但她仍盡力向高天宙擠出一道淺淺的微笑。

高天宙趕緊抹乾頭上的汗後，留意到自己濕透的白襯衣，略顯尷尬地說：「不好意思，我的汗有點多。」

「不要緊，現在的天氣眞是越來越熱，可能是溫室效應[12]的緣故吧。我最近身體和精神都不大理想，要麻煩你特意走一趟，應該是我說不好意思才對。」話畢，她吩咐家傭拿杯冰水過來，讓高天宙降降溫。

高天宙對她的第一印象非常好，覺得對方不只有禮貌，更散發出高貴且不失親和的感覺。若要比較的話，就像呂幗珮的穩重和海葆嵐的親切結合起來；唯一較可惜的是她年紀有點太大了，比呂幗珮還要年長最少十年，否則自己也有可能會動心……

高天宙察覺到自己有點想得太遠了，把心神拉回來後回應：「妳太客氣了，這

---

11 低密度住宅區：X市人多地少，低密度住宅與高昂的價格幾乎畫上等號，可說是豪宅的代名詞。

12 溫室效應：指大氣層吸收幅射能量，令地球溫度上升的效應；人類大量排放二氧化碳等溫室氣體是加劇溫室效應的主要元凶。市民平日可關掉不必要的電器，以減少碳排放。

是我分內應當的。對了，我應該……」

「你叫我關太就好了。」對方已猜到他的問題，不待他說完就回應。

「好，關太，我這次來主要想了解多一些關先生的生活習慣。有些問題之前警方可能已經向妳查問過，但爲了令詢問過程更完整，以及方便我們挖掘出一些被忽略的細節，部分問題可能會重複，希望妳不要介意。另外，如果過程中有什麼問題令妳不舒服或者妳覺得需要休息，請隨時告知。」

「沒問題，你儘管問吧，我實在很希望能協助警方查出眞相。而且，你已經很有禮貌了，不會令我不舒服。」

儘管對方微笑著說，高天宙仍聽出這句話的弦外之音，暗示之前向她查問的警員不大禮貌。他對此也感到無可奈何，只尷尬地笑了笑，喝了一口水，就正式開始詢問。

他從文件夾中拿出一張照片，放到對方面前問：「妳知道照片中的是什麼嗎？」

「這是我爲阿喜……我先生做的便當。」關太以「先生」而不是「先夫」來稱呼關梅喜，似乎她仍多少不想接受丈夫已離世的事實。

「便當的樣子大都差不多，而且照片中的便當已掉到地上，食物散落一地，妳肯定這是妳親手做的那個嗎？」

「我肯定，因爲他每日的便當都是由我親手烹調，食材和飯菜比例也是由我安排。而且，那是我最後一次做的便當……」關太平淡地說，說話內容間接確認這是死者當日進食的便當。

「妳記得當日的便當內有什麼食物嗎？」

「有白米飯、青菜、牛肉片和豆腐。」

「有番茄、茄子或馬鈴薯嗎？」

「沒有。」

「我們在死者……」雖然死者是警方對關梅喜最正規的稱呼，但在關太面前這樣說，就好像等同不斷提起對方的傷心事，高天宙連忙改口道：「我們在關先生的便當內，發現微量的番茄和馬鈴薯成分。妳記得當日或前一段短時間內，有烹調過這些食物嗎？」

「肯定沒有。」關太堅定地回應。

「妳爲何能這麼快確定事發當日或前一段時間內沒烹調過番茄或馬鈴薯？」

「因爲之前家庭醫生吩咐過，我先生不能接觸那些食物，所以我已經兩個月沒有購買，家傭也清楚知道這點。爲免他誤服，我們這兩個月都沒有叫過外賣或外出用膳。我也千叮萬囑他平日要小心，他答應過即使需要去宴會或派對應酬，也不會吃會場內的食物。」

「妳知道家庭醫生爲何會這樣吩咐嗎？」

「他沒有詳細解釋原因，不過似乎是那些食物會與藥物相沖。」

「我聽起來覺得有點誇張，畢竟那些是尋常的食物，似乎很容易誤服。他有跟你們說，如果誤服會發生什麼事嗎？」

「我和我先生當時都覺得有點可怕，曾問醫生，是否能夠改用其他藥物或不服藥。但醫生說X市當時仍安全，即使誤服番茄或馬鈴薯等也不一定會出事，只是爲了安全起見才希望我們留意一下。」關太說到這裡，忽然激動起來並追問：「阿喜果然是因爲吃了番茄或馬鈴薯而死嗎？如果他沒服藥就不會死嗎？」

「不，我們還未能確定。」高天宙安撫她道：「放心，我們查出眞相後，一定會盡快告訴妳。」

關太點了點頭。她自知失儀，深呼吸了幾下，勉強回復之前的平靜。

聽到關太剛才的回覆，高天宙已明白家庭醫生所指的「出事」是什麼意思，關梅喜體內的東西看來是由此而來。高天宙問：「當日家庭醫生處方的藥物還在嗎？」

「在，我擔心你們需要，所以一直保存著。請你等一等。」

不一會，關太從睡房中拿出幾包藥物，交到高天宙的手上。藥物袋上雖然貼有藥物的名字，但高天宙自問不是專家，不知道是什麼和有何用途，只好就這樣把它們放進證物袋收妥。

「話說回來。」高天宙續問：「關先生為什麼要看家庭醫生？妳知道這些是什麼藥嗎？」

「其實不是他自己去看醫生的，是我裝病，拉他一起去找家庭醫生。」關太娓道出事情的始末：「我早幾年已發現我先生很容易發脾氣，特別在工作環境上不時開罪別人，但他過往從來不會發我的脾氣。直到大約半年前，他有一次終於按捺不住，忽然因一點小事跟我吵起來，還想出手打我。」

高天宙聽到這番話後，吃驚得瞪大了眼睛。關太為免對方誤會，馬上接著道：「幸好他懸崖勒馬，沒有真的打下來。他一直都很愛我，馬上發現自己差點鑄成大錯，抱著我痛哭起來。他說他這段時間越來越控制不了自己的情緒，很對不起我和他的同事。」

「他說他對不起他的同事？」高天宙狐疑地說：「但根據警方的查問，出版社內外，幾乎所有同事以及和他合作過的人都說他對人很差……」

「我知道外面的人都會說我先生是個大壞蛋，不只脾氣暴躁，還濫用權力，但他們根本不知道我先生在背後爲他們背負了多少重擔。」關太解釋：「M出版社是上市集團MM的子公司，每年的盈虧都要向母公司報告和負責。出版業不景氣已經說了很多年，M出版社雖然有自己的銷售渠道直接賣書去學校，但銷量同樣大不如前。我先生他每年向母公司匯報業績時，都受到很大的壓力，要他想辦法開源節流。他深知出版社內的員工大都很有抱負，有些又是家庭的經濟支柱，他不可能向他們動刀來節流，就只能從開源著手。他於是爲了提升銷量，只好忍痛把所有不好賣或看似不好賣的作家都拒諸門外，盡量只出版高商業價値的書。他在外邊濫用權力，用盡各種辦法想令出版社的書籍能夠獲獎，也是爲了推高書籍的知名度，好讓書籍更加暢銷。這一切，其實都是爲了保住出版社一衆員工的飯碗啊！」

「但那些有潛力的作家就被他犧牲了……」

「不，有些東西你們根本看不到，阿喜他其實在背後想盡辦法幫助他們以及提拔其他新晉作家。」關太這時彎下身，從茶几底拿出了文件夾和相簿。她打開文件夾，指著其中一張剪報說：「這是他創立的新晉小說作家協會。他知道M出版社凡事向錢看，必定會抹殺了不少新作家出道的機會，於是成立了這個協會，舉辦講座和徵文比賽，還介紹資深作家給他們認識，希望能提供其他方法讓新作家出道。」

她接著翻開相簿的一頁說：「這是他和幾位已沒有跟M出版社合作的作家合照。阿喜仍有和他們聯絡，也會爲他們的新作提供個人建議及引薦他們給合適的出版社。我不知道你對X市作家熟不熟悉，照片右邊這位就是今年『十大好書』的其中一位得獎者，筆名『月屑』，現在已經是X市最受學生歡迎的年輕作家之一，他至今仍很感激阿喜的知遇之恩。」

關太順道補充：「我先生對自己的員工其實也很體貼，他知道有幾位同事居住在較偏遠的地區，早上如果按照正常辦公時間上班的話會相當費時和麻煩，但公司沒有彈性上班時間的政策，他於是故意每日遲一點進公司，等同默許他們遲到。他說，反正同事們會在晚上和假日加班，他們遲一點進公司也沒所謂。」

高天宙疑惑地追問：「既然關先生這麼重視出版社的員工和作家，爲什麼他要對他們不禮貌和呼呼喝喝呢？」

「這正是我爲什麼要帶他去看醫生的原因。我最初以爲，他近年不時脾氣暴躁，只是因爲年紀大，受前額葉萎縮和男性荷爾蒙分泌量減少影響，令情商下降了。但我慢慢發現，他不是無法控制情緒，而是情緒起伏很大。例如有一次他跟我外出購物，店員不小心輕輕碰到我一下，他就忽然大發雷霆；還有那次他差點打我之後，忽然痛哭起來，把自己關在房間一段時間，什麼人都不想見，也不想上班。

那時候開始，我就懷疑他患上了躁鬱症。」

「躁鬱症？」

「嗯，又名雙相情緒障礙症，是一種精神病。就如字面上的意思，病者的情緒會變得兩極化，時而處於情緒亢奮的躁期，時而處於情緒低落的鬱期。」

「噢。」高天宙只知道憂鬱症，躁鬱症卻是第一次聽，好奇地追問：「這個病的成因是什麼？」

「醫學界暫時還未有明確的答案，估計跟遺傳及生活壓力有關。回想起來，我先生或許在更早時間已經有這個病，只是情況沒有那麼嚴重，加上他較少處於鬱期，我和其他人才會以為他只是脾氣不好。」

「於是妳裝病帶他去看家庭醫生，之後醫生就處方了那些藥物給他？」

「對，我們的家庭醫生也是精神科的專家，我事前已跟他簡單說過我先生的情況，醫生認同我的猜測，覺得他有可能是患了躁鬱症，但要當面會談才能確認。因為我先生一直不願承認自己精神有問題，很抗拒去看醫生，我只好出此下策。當日我教他陪伴我進問診室時，他已察覺到異樣想拒絕，但我苦口婆心地跟他解釋，希望他可以康復，以及我對他躁狂時的表現感到很害怕，他才終於同意。醫生跟我先生單獨談了一會和做了一些簡單的診斷，判斷他的病情不算嚴重，可以先靠服食藥物控制，再觀察情況。」

「他有向你們解釋處方的是什麼藥物嗎？」

「有。他解釋，專門治療躁期和鬱期的藥物不同，加上他的情況未算嚴重，爲免造成混亂和誤服，於是處方了情緒安定劑給他長期服用，可助穩定情緒起伏。醫生請我們各自留意服藥後的情況，記錄下情緒異常起伏的出現情況和頻率，看看有沒有改善，並定時回診。」

高天宙追問：「有關飲食禁忌，醫生也是當時告訴你們嗎？」

「對。應該說，他起初也差點忘了，到我們正要離開問診室時才叫住了我們，然後走到房內的一角，打開了一個好像裝有什麼重要文件的鋼櫃，看了一會才回來，叮囑我先生服藥期間不要進食番茄、馬鈴薯、茄子等一類食物，也建議我盡量不要買。」

「關先生須長期服藥的事，以妳所知，出版社內有其他人知道嗎？」

「我不肯定出版社內有沒有人知道，但我猜我先生應該不會輕易告訴其他人，畢竟男人都愛面子，不希望人家知道自己患有精神病。」

有關關梅喜發病的來龍去脈，高天宙算是知道了，但他心中仍有一個疑問：

「不好意思，我還有一點想不通，想問問妳，但希望不會冒犯到妳。」

「沒問題，不妨直說。」

「妳說關先生很愛妳，但鄰居都說他對妳很冷淡，你們一起外出時，他鮮少跟妳說話，大都在滑手機。這是什麼一回事？」

關太似乎是回憶起她和關梅喜的一些甜蜜往事，露出了淺淺的微笑：「果然大家都對他的誤會很深呢！這樣說吧，鄰居的觀察大致上是正確的，但這並不代表他不愛我。他的性格本來就比較內斂，不是個愛說話的人，而且他少說話不代表冷淡啊，其實我外出逛街購物，都是他主動提出要跟我一起去的，他如果不喜歡的話大可留在家中。」

「那麼他爲何跟妳去購物和吃飯時，都一直在按手機呢？」

「這也很簡單啊，因爲總編輯的工作繁重，加上那些提拔新晉作家的事務，令他更感吃力，但他想有多點時間陪伴我，不希望一直留在出版社加班，所以就把工作帶回家，盡量用手機處理。外出吃飯時多數是由我來點餐，是因爲他對吃沒有什麼要求，倒是我比較挑嘴，腸胃又容易敏感，很多東西不能吃，所以就乾脆由我全權負責。而且，還有另一個原因……」關太說到這裡，忽然有點尷尬，欲言又止。

高天宙側了側頭，表示正等候對方的解釋，關太才靦腆地續說：「我不是稱職的家庭主婦，記憶力很差，經常購買重複的東西回家；又對價格不敏感，總是買貴了。他於是經常陪伴我去購物，在手機內建立了一個簡單的資料庫，在我選購產品時，他會用手機比對一下，看看我最近會不會已經買過了，還會在比價網站看看產品是否划算。如果沒有什麼問題，他就不會多言，讓我獨自購物，所以外人看來，他就好像一直在滑手機，但其實都是為我好。」

「這是不是有點太謹慎了？會不會太辛苦了？」

「不會啊，他覺得是一種樂趣，而且我不小心買了重複的東西時眞的會覺得很浪費、有點不高興，所以可說是一舉兩得。而且，俗語說『小富由儉』，我們這個房子，其實是靠他節儉和投資有道賺回來的。不知道是不是職業病，他對投資和帳目很敏感，眞是幫了我很大的忙。他自己倒是沒有什麼物慾，唯獨對書和出版很上心，有公餘時間和閒錢時都只會投放在這方面。」

高天宙驚訝地追問：「妳的意思是，早前妳提到那些協助新晉作家的協會和事務，都是關先生在公餘時自費做的嗎？」

「對呀。我先生其實沒有其他興趣，一生的時間和精力都投放在出版事務上。他年輕時曾夢想當作家，但寫了一兩篇小說後，覺得作品枯燥乏味，斷定自己根本沒有這方面的才能，倒是較擅長欣賞和發掘好作品，於是改為當編輯，希望能夠為這個世界出版更多好作品。近年大家都在說X市書市不景氣，閱讀人口不斷下降，其實他已經盡了力去挽救，但這個問題多多少少受科技影響，網路上的資訊和娛樂豐富，書本的吸引力和必要性下降，世界各國都面對相似的問題，也不是只靠他一個人就能改變。」關太這時察覺到自己好像把話題扯得太遠了，不好意思地說：

「噢，我好像說得太多了。」

不過，高天宙倒是在她的回覆之中看到事情的另一面。如果關太所言全部屬實，那不就代表整個世界都誤會了關梅喜嗎？他只是因躁鬱症這個病才令他情緒反覆和經常開罪他人，他在背後實質是想盡辦法去保護整個出版業。高天宙忽然聯想到，那個悠閒警探黃俊軒背後會否也有什麼隱藏的一面？只靠下屬查案是不是有什麼苦衷？不，這個世界應該唯獨他是不會有苦衷的……

高天宙這時再次想起黃俊軒提醒過他，查案時對每件事抱持懷疑態度，不能盡信單一證物或供詞，這樣想的話，說不定關太是在撒謊。問題是，她有什麼動機須要這樣做呢？

除非她、石松律和海葆嵐三人合謀殺死關梅喜……

甫想到這點，高天宙就二話不說從文件夾中取出石松律和海葆嵐的照片，放到關太面前，希望看看關太猝不及防時的反應。他盯著關太問：「妳認識這兩個人嗎？」

關太細看了照片一會後，平靜地說：「不認識。」

「妳有聽過關先生提起過他們二人嗎？」

「我不清楚，因爲我連這兩個人的名字都不知道。」

高天宙聽到這個答案後鬆了一口氣，對方沒有爲了避嫌而直覺地回答沒有，反而是很有邏輯地回應「不清楚」。他留意著關太回答之時，臉上沒有展現出任何緊張或不安的表情，似乎是眞的不認識這兩個人。

高天宙看了看手上的清單，要查問的事情大都清楚明白了。但就在他表明查問完結之時，關太的身子開始顫抖起來。

高天宙以爲對方不舒服，連忙靠近對方看看她的情況，卻見對方雙眼通紅，這時抬起頭緩緩地問：「高督察，如果我沒帶我先生去看醫生，他是否就不會死？」

那一刻，高天宙的心臟彷彿被無形之手狠狠捏住，他爲自己剛才懷疑關太感到羞愧——眼前的這名妻子，又怎可能會殺害和她彼此相愛的丈夫呢？

高天宙沒有回應，只輕拍關太的肩膀來安慰她。他不是不想回應，而是不懂得應該怎樣回應才對。

上次黃俊軒跟高天宙提過，歧踵病毒發病，除了患者接觸到番茄、馬鈴薯、茄子等食物外，還須要特定條件，那其實就是長期服用情緒安定劑，因爲情緒安定劑除了會壓抑服食者的情緒外，還會減弱人體抑制跂踵病毒生長的防禦機制。長期服用的話，跂踵病毒就有機可乘，在遇上茄類植物基因時大量製造出龍葵鹼令感染者死亡。

所以，關梅喜的死，是長期服用情緒安定劑的關梅喜、把跂踵病毒送到出版社的石松律，以及在茶水間加熱番茄馬鈴薯湯的海葆嵐，三者在有意無意間各自做了一些事情而導致的。高天宙當然不能在這個情況下把這個事實告知關太，否則她一定會覺得是自己害死了丈夫。高天宙確信關太是無辜的，是石松律和海葆嵐不知為何發現了關梅喜長期服藥和跂踵病毒的特性，然後合謀殺害關梅喜。

高天宙認為這宗案件已經沒有什麼懸念，接下來最重要的是找出他們二人合謀的證據。

8

高天宙約見過呂幗珮和關太後，並沒有馬上全盤接收她們的供詞，而是繼續從其他途徑明查暗訪，最終成功確認二人的供詞都是眞確無訛。

事隔數日，高天宙已完成早前的調查，於是邀請了作家石松律和編輯海葆嵐到警署錄取口供。雖說是邀請，但如果他們拒絕，警方打算做出拘捕，因爲根據現有的供詞和證據，他們二人現時的嫌疑最大。

在一號審訊室內，高天宙早已對石松律查問過大部分的案情，但黃俊軒這時才有空到來，高天宙只好重新審問一次，一方面是希望讓上司親身聽對方說，另一方面亦期望對方在過程中會露出破綻，畢竟重複審問是警方常用的盤問技巧之一。

黃俊軒進來後，馬上打量了一下石松律。他身穿尋常的墨綠色素色T恤、牛仔褲和球鞋，頂著略長、快要及肩的黑髮，臉上戴有粗黑框眼鏡。不知道是他不拘小節，還是前來警署路途上的風太大了，他的頭髮有點凌亂，彷彿沒有梳好就出門。

「我重頭再問你一次。」高天宙一本正經地說：「石松律先生，你寄給M出版社總編輯關梅喜的信，我們在墨水中驗出了跂踵病毒，你怎樣解釋？」

雖然是第二次回答，但石松律並未露出一絲疲態或厭煩，仍保持莊重而有禮地回答：「正如我剛才所說，信是我用家中的噴墨打印機印製，墨水是我在電腦商場購買的補充裝墨水，我也不知道裡面會有跂踵病毒。如果我知道裡面有病毒的話，我是絕不會買，我也怕受到感染啊！」

高天宙繼續問：「你爲什麼要買補充裝墨水而不買原裝墨水？」

「我已經一年半沒新書推出，沒有版稅收入，根本買不起原裝墨水。法例沒有規定我不能用非原裝墨水吧？」石松律有點賭氣地反問。

高天宙白了他一眼，但沒有回應他的問題，繼續問：「你是專職作家？」

「對。」

「你說已一年半沒新書推出，這段時間你靠什麼過活？」

「主要靠早年的積蓄及投資回報，但都差不多用光了，所以近幾個月偶爾會替商業機構撰寫文案及新聞稿。」

「這是兼職？你就算不上是專職作家了。」

「不，即使是那些另類收入，還是跟寫作有關，我仍然只以文字工作維生，這一點，我是相當堅持的。」

有關墨水一事的盤問暫告一段落。事實上，石松律的供詞跟證據吻合。警方在他的家中，搜出購買補充裝墨水的發票。警方於是到訪該電腦商場，竟發現商場內有不少產自C國的墨水出售。X市早已頒布臨時法令，暫時禁止從C國進口任何產品，然而C國的產品便宜，尤其在跂踵病毒爆發後，不少城市都禁止該國產品入口，價格進一步下跌，在金錢的誘因下，吸引了無良商人偷運入境。

儘管如此，高天宙認爲石松律仍有嫌疑，怎知道他是否故意購買從C國進口的墨水來毒殺關梅喜呢？高天宙也懷疑過是石松律自行把病毒加入墨水中，因爲墨水被石松律購買前可能已放置了很久，病毒說不定早已死光；對方在大學修讀生物學，成為作家前又當過好幾年的醫藥研究員，應該有足夠知識和技術把病毒加入墨水，這樣做才能確保計畫順利，然而警方在他家中並沒有搜到相關的儀器或證據。

高天宙接著轉移到下一個話題，也是這宗案件現時最棘手的地方——石松律和海葆嵐二人之間的關係和他們合謀的證據。高天宙問：「你是否認識海葆嵐？」

「是。我的作品在M出版社出版時，她是我的編輯。」

「你們最近一次見面是何時？在哪？為什麼見面？」

「是大約八個月前，在M出版社所在的工業大廈對面的中式餐館內。當時我撰寫了一部新的小說，交給她看，希望能獲得出版的機會。」

「據資料顯示，你早前和M出版社簽訂了合約出版《胖勇者鬥瘦魔王》，雖然上冊已經出版，但下冊還沒有，你為什麼還要提交新的小說給海葆嵐？」

「由於《胖勇者鬥瘦魔王》上冊銷量一般，M出版社無意出版下冊，我不想坐以待斃，就提交新小說，看看他們有沒有興趣繼續合作。」

「出版社和你不是已經簽了下冊的合約嗎？他們可以說不出版就不出版嗎？」

「對，這就是作家和出版社間不平等的關係，我也沒有辦法，只能根據合約內的條款，待十八個月限期到了，寫信去取回著作權。」

「你寄給關梅喜的那封信，就是爲了取回著作權？」

「是的。」

「那麼，你新提交給海葆嵐的是什麼小說？」

「是一部推理小說，名爲《老瀚推理》。」

站在高天宙背後的黃俊軒，聽到這個書名後想歪了，忍不住笑了起來。高天宙早就猜到他會失儀，因爲自己第一次聽到這個名字時也不禁嘴角上揚……

「咳！」高天宙裝作清喉嚨來打斷上司的笑聲，續問：「這部小說最終有沒有出版？」

「沒有。」石松律仍保持著平淡的態度回應：「海葆嵐雖然拿走了作品，說回去研究，但後來認爲作品寫得一塌糊塗，更把作品丟掉，我們從此交惡，再沒有聯絡。」

高天宙早前和呂幗珮在中式餐館會面時，呂幗珮說記得海葆嵐約見石松律當日，海葆嵐很快就回到出版社，似乎二人是在附近見面；而且她說過，出版社附近除了那間中式餐館外，就再沒有其他舒適的餐廳，高天宙因此推測海葆嵐和石松律就是在那家中式餐館會面。他和呂幗珮分別後馬上折返餐館並表明身分，向餐廳經理和各侍應生查問，因爲石松律在那餐館出現了足足一個月太惹人注目，不少員工都表示記得石松律的確有跟一名女性會面，其中一位員工更留意到那名女性在離開前從石松律手上拿走了一疊紙張。事後，警方翻查了中式餐館的閉路電視片段，證實海葆嵐和石松律的確在去年十一月見過面。可是，由於中式餐館已開設多年，閉路電視是舊型號，只拍攝了低清和黑白的片段，警方只能看到二人交收的那疊紙上印有文字，但無法看到內容。警方沒有找到他們在那次見面之後還有聯絡的證據。

高天宙的調查和石松律所說的供詞相符，但最大的問題是石松律說那份稿件已被海葆嵐丟掉了。那可是重要的證物啊！誰知道那份東西是真正的小說稿件，還是有關合謀殺人的詳細行動指示？

高天宙覺得這個行動太可疑了，就像凶手有意要消滅罪證一樣。他霎時間不知道應如何處理，只好轉身望向上司，但黃俊軒只向他搖了搖頭，沒有明確的指示。

高天宙有點迷惘，不知道上司的這個動作是「算了、不要再追問」的意思，還是暗示他沒用、丁點事也決定不了或辦不妥的意思？但他深思了一下，發現無論答案是哪一個，他都只能繼續展開下一個話題。

他於是繼續向石松律盤問，提出他早前還未發問過的問題：「你跟本案死者關梅喜最後一次見面，是在什麼時間？」

可能是新問題的緣故，石松律花了點時間回憶：「唔……應該是去年十月，在『X市好書大獎』頒獎典禮上。當時我希望遊說他繼續替我出版《胖勇者鬥瘦魔王》下冊，不過被拒絕了。」

「你們之後發生了爭執？」

「對，關梅喜對我說了些不禮貌的話，我反駁了幾句，他就差點出手打我。」

「你們當時說了什麼？」

「他說我的書害出版社虧錢，懷疑我在網路上連載作品時買榜，才會看來如此受歡迎。我則反擊說是因爲他們沒認眞宣傳，書才會賣得差。」石松律回應之時，其中一邊的嘴角微微上揚，但幅度之小，只有一直死盯著他的黃俊軒才勉強看到。

高天宙沒有爲意，繼續問：「因爲你這句話，他就想打你？」

「對，我也吃了一驚，幸好當時有出版社的職員拉住了他，我才不致被打。」

「之後你們沒有再接觸了？」

「對。到今年六月，合約列明的十八個月限期到了，出版社仍沒有出版《胖勇者鬥瘦魔王》下冊，我就直接寄信過去要求取回著作權。但我眞的不知道信內有跂踵病毒的。」

高天宙這時揭開身旁的文件夾，遞給黃俊軒看。文件內夾附的是高天宙早前按上司要求，調查過作家石松律跟編輯海葆嵐及死者關梅喜最近見面的詳情，結果跟石松律所說的一模一樣；中式餐館的侍應生、「X市好書大獎」頒獎典禮的其他嘉賓和呂幗珮亦證實，他們對話的內容大致相近，石松律似乎已毫無隱瞞地一一相告。

高天宙要問的問題都問過了，他向黃俊軒打了個眼色，詢問他有沒有補充。黃俊軒表示沒有，並示意對方先跟他一同離開。

9

二人離開一號審訊室不久，黃俊軒已迫不及待對高天宙作出評價：「小天，你剛才的審問，除了那個《老瀚推理》之外，其他部分都很無聊。」

工作就是無聊的啊！高天宙緊皺眉頭，很想如此反駁，卻不敢衝撞上司。他更不明白的是《老瀚推理》有這麼好笑嗎？爲什麼還要重提？

黃俊軒不是省油的燈，他最擅長就是觀察別人臉上的微反應和閱讀對方的想法，他猜到下屬的心思，馬上補充：「我的意思是，你其實已經從其他途徑確認過，爲什麼還要向他重複審問你已知道的事？」

「呃……」高天宙不大有信心，微微低著頭回應：「我以爲由他親口說出相關的案情較好，也可以藉此看看他是否一個誠實的人。」

「這樣做是沒有用的，主要原因有兩個。」黃俊軒解釋：「一、如果你的採證方法正確和證人沒有說謊，你從其他途徑獲得的資料應比當事人自己說的可靠，畢竟他是當事人，供詞自然含較多主觀成分，而且他從我們的提問內容應該猜到我們正在懷疑他，他不可能說出對自己不利的話。二、除非另有目的，否則哪有人會讓你覺得他是一個不誠實的人？只有笨賊才會說出一些我們能夠輕易戳破的謊言。」

高天宙聽過上司的解釋後，終於明白爲何他會覺得《老瀚推理》不無聊，是因爲他們未有從其他途徑找到這部作品的名字，這是個全新的線索，儘管根本不重要……

不過，他仍未完全被說服，追問上司：「但如果證人不可靠呢？」

「如果你覺得證人不可靠，你重複向當事人提問的目的就是用來挑戰證人，而不是挑戰當事人。不過，這不適用於今次的情況，因爲你很相信關太和那個市場部主管珮珮吧？」黃俊軒反問。

「我……咦？你怎知道的？」高天宙吃了一驚，因爲他從沒向上司說過這方面的想法。

「我從你報告內的用字就看到了，但你不用覺得尷尬。」黃俊軒道：「我是對你說過要對所有事抱有懷疑，但你同時也要相信自己的直覺。直覺是我們的腦袋根據這一生累積的經驗而做出的反射判斷，有時比我們的理性思考更準確，因爲所謂的理性並不是眞正百分之百理性，當中可能摻雜了偏見和個人好惡。既然你從曾懷疑過她們，轉變成相信她們，除非之後有新發現，否則你已完成懷疑的過程了。」

高天宙反過來問黃俊軒：「那你覺得呂幗珮和關太可信嗎？」

「我沒見過她們二人，難以判斷。但如果你要我懷疑的話，我會懷疑石頭哥，他準備十足。」

「從何見得呢？」

「有些問題你在剛才的審訊過程中問了兩次。我問你，石頭哥在第一次和第二次回答時的答案有沒有分別？」

「唔……」高天宙想了想後答：「幾乎沒有。」

「你再想清楚一點，是幾乎沒有，還是完全沒有分別？」

因著黃俊軒的追問，高天宙不禁發出驚訝的聲音：「欸！」

「我果然沒猜錯。」黃俊軒詳細說明：「我剛才一直站在你身後觀察石頭哥，他回答你的問題時，不帶任何情感，臉上亦幾乎沒有任何微表情，這有點不尋常。我們日常和陌生人交談，也可能會感到緊張和不自在而有各種小動作或微表情，更何況他被『邀請』到警署、在侷促的審訊室內接受審問，但他居然沒有任何不安。這代表他的答案已經反覆練習了很多很多次，純熟得倒背如流，也因此毫無感情。我唯一察覺得到的，是他在回答最後幾道新問題時，他的嘴角曾一度微微上揚。」

「這代表什麼？」

「很簡單，就是高興或滿足的情緒，應該代表我們問的問題都在他意料之內。」

「他恐怕比我想像的要聰明得多，爲了不留下破綻，更很耐心地練習作供，可見他深謀遠慮。」

「不是吧？他有這麼厲害？」

「所以關梅喜眞的是石松律殺死的嗎？」

「從他多次吃閉門羹的經歷看來，他跟M出版社應該積怨甚深；他的性格看來相當執著，不會輕易放過關梅喜。我猜他剛好遇上了跂踵病毒這輛便車，於是策劃出這殺人大計，向關梅喜報復。」

「那我們現在要怎辦？」

他們二人這時已走到二號審訊室附近，黃俊軒指著前方道：「嵐妹妹應該是我們最後的機會。」

高天宙忽然感到肩頭一重，倒抽了一口涼氣，擔心自己會搞砸整件事。

黃俊軒看到對方的反應後，搖了搖頭道：「這場審問由我來吧。待會你站在我後面，但無論我說什麼，你都不要亂說話，也不要露出驚訝的神色。」

「欸？」高天宙沒料到對方會忽然主動承擔重任，馬上就震驚起來。

「你看看你！」

「對不起。」

黃俊軒奪過高天宙手上的文件，先行進入了審訊室。

站在後方的高天宙跟隨對方進入前，看到上司高大的背影，才驚覺悠閒警探原來也有認眞和肯承擔的一面，似乎是一名値得信賴的上司……

如果不看他頭上那撮呆毛的話。

10

海葆嵐已坐在二號審訊室內等候了好一會。警方同時邀請了她和石松律來，就是爲了避免他們二人能夠串通供詞。

黃俊軒安坐在海葆嵐的對面後，打開檔案，正要開口之際，高天宙就開始擔心起來，因爲他忘了提醒黃俊軒不要以嵐妹妹來稱呼對方。

「海小姐妳好，多謝妳願意協助警方，要妳久候眞不好意思。」黃俊軒說話的同時，伸手把頭上豎起了的頭髮整理好。

高天宙怔了一怔，不只是因爲對方的說話內容和動作，他說話時的聲線堅定且沉穩，和平日的慵懶截然不同。不過，更令他震驚的事還在後頭。

黃俊軒介紹他們二人道：「我是督察高天宙，在我身後是我上司總督察黃俊軒。」話畢，黃俊軒轉身向後，盯了高天宙一眼，暗示他不要發出「欸」之類的怪聲。

海葆嵐也望向高天宙，她很快就認出他就是早前到過出版社，並把門口展示的書撞落和找呂幗珮的人。她得知對方的身分後略顯驚訝，但仍向他報以一道淺笑。

高天宙眨了眨眼，勉強按下內心的驚詫。他不明白，上司爲何要跟他調換身分來進行審問呢？雖然他們二人一同進房，通常的確是由職級較低的一方主導發問，萬一發生什麼問題或有需要追問時上司才開腔，這是較合理的安排，但這樣虛報姓名和職位是違反紀律的啊！這個上司爲什麼總是不按牌理出牌……

不過，黃俊軒事前已吩咐過高天宙，無論他說什麼，自己都不要亂說話。高天宙慶幸自己上次到訪M出版社時沒有表明身分，否則上司這個行動馬上就穿幫了。

事已至此，現在也只好順應著事情的發展，先陪他完成這個謊話。他於是把雙手盤在胸前，裝作一個有威嚴的上司，靜靜地觀察著「下屬」的盤問。

黃俊軒雖然之前禮貌地跟海葆嵐問好，但審訊開始後他就馬上進入正題：「海小姐，根據妳之前向警方提供的供詞，妳在關梅喜死前三個月已開始按照營養餐單進食，因此每日午飯時間都會留在M出版社的辦公室，對嗎？」

「對。」

「那麼在關梅喜死後，妳還有繼續吃嗎？現在還有嗎？今天吃了什麼？」

黃俊軒第二波問題已相當尖銳，海葆嵐立刻察覺到對方的用意，收起臉上的笑容回應：「有，現在還有，今天吃了冬菇豆腐白菜湯。你是懷疑我嗎？」

「不好意思，我的職責是懷疑所有人。不過，如果妳是無辜的話，應該不怕我們懷疑，對吧？」

海葆嵐沒有回應，無奈地點了點頭，然後瞥了後方的高天宙一眼。

高天宙這時忽然在想，黃俊軒既然能夠從他的報告用字中，看得出他相信呂幗珮和關太，是否也看穿了自己曾對海葆嵐有好感，所以才會突然和他調換身分審問海葆嵐？高天宙無法否認，如果現在坐在前面的是他自己，他可能會有所顧忌，未必能夠問得如此直接……

黃俊軒繼續查問：「妳會如何形容妳和關梅喜之間的關係？」

海葆嵐臉容繃緊著回答：「他是我的上司，我是他的下屬，僅此而已。」

「私底下呢？」

「我和他私下基本上沒有交流。」

「妳有沒有恨他？」

「恨他什麼？」

「石松律是妳找回來的作家，他的《胖勇者鬥瘦魔王》下冊沒有出版，全因關梅喜阻撓。妳有沒有恨他？」

海葆嵐沒有絲毫猶豫，馬上回答：「沒有。」

「月屑是妳找回來的作家，他的四部曲作品的結局篇沒有出版，也是因爲關梅喜不批准出版。妳有沒有恨他？」

海葆嵐這次卻停頓了半秒才回應：「沒有。月屑他後來成立了自己的出版社，出版了結局篇，銷量竟然比首三冊還要好，這是我從沒見過的情況。其實沒有什麼好恨的，說起來可能還要感謝他推了一把。」

「妳沒有恨他，那爲什麼不讓上司先用微波爐？」

海葆嵐怔了一怔：「我不明白你的意思。」

事實上，在背後聽著的高天宙也因上司這沒頭沒腦的追問感到有點頭暈。

黃俊軒解釋：「全公司上下都知道關梅喜每一天都會在午飯時間加熱自備的便當。他的脾氣一向不好，而且是妳的上司，但妳為什麼每天偏要比他早去加熱自己的食物？」

「哦。」海葆嵐恍然大悟，噘了一下嘴：「我不想被他耽誤用餐時間，才早點去加熱。」

「但根據我們取得的茶水間閉路電視片段，在事發前整整一個月，關梅喜每天都是下午一時整準時去加熱便當，而妳則『更準時』在十二時五十分就去加熱。換句話說，妳是在辦公時間就去準備午飯啊。」

海葆嵐被不斷追問，忍不住反諷：「警方連我們公司的紀律都要管嗎？」

黃俊軒嘴角上揚，趾高氣揚地回應：「你們公司的紀律我當然不會管，但如果妳藉此殺人我就要管。」

「荒謬！如果早點去加熱午飯就能殺死他，全出版社的人都會這樣做！」海葆嵐氣上心頭，高聲怒吼回去。

在後面看著的高天宙瞳孔擴張，他沒想到上司竟然能把看來和善的海葆嵐趕入窮巷，引出這不為人知的一面。

黃俊軒沒回話，只一直直視著對方。稍頓片刻，海葆嵐嘆了一大口氣，稍微冷靜下來，道出眞正的想法：「我不喜歡他，他不尊重作家，不尊重出版業。我想盡量遠離他，甚至不想食物沾有他的便當氣味，於是就搶在他之前使用微波爐。但他爲什麼會死我也不知道。」

「所以妳只是不喜歡他，但沒有恨他？」

「沒有。」

黃俊軒繼續直視著對方的雙眼好一會，彷彿在觀察什麼，才提出下一道問題：「妳和石松律在上年十一月，曾經在出版社對面街的中式餐館見面？」

「沒錯。」

「他當時把一部全新的推理小說稿件交了給妳，作品名字好像是《姥姥推車》……」

「是《老瀚推理》。」海葆嵐沒好氣地糾正他。

「對，哈哈，我說錯了。」黃俊軒故作輕鬆地說，然後卻緊接一記回馬槍：「那份稿件現在在哪？」

「我……我丟了。」海葆嵐戰戰兢兢地說。

「爲什麼？」黃俊軒好像很替對方緊張地問：「稿稿這麼重要，怎可以丟失稿稿？妳只是遺失了吧？或者忘記了放在哪？」

高天宙聽到上司說「稿稿」，差點笑了出來。但海葆嵐卻不感到有趣，直接回答：「不，我眞的丟了。那部作品寫得很差，根本算不上推理，完全浪費我審稿的時間，我一時火起，就把作品丟掉。」

「石松律知道嗎？」

「知道，他很憤怒，說我不尊重他，我們從此斷絕來往。他後來寫信給關梅喜，我事前也不知道。」

「唔……這就奇怪了。」黃俊軒做出誇張的動作，托著腮幫子，側頭問：「作家的稿被出版社丟了，他很憤怒，但居然沒把這件事放到網路上聲討你們？」

「慶幸沒有，或許是他的性格比較內斂吧。」

「你們眞走運呢！對了。」黃俊軒忽然話鋒一轉，問：「妳可以簡單說說這個故事的內容嗎？」

「這……」海葆嵐的眼神閃爍了一下，反問：「這跟案情有關嗎？」

「可能有，可能沒有，要聽過我才知道。妳也想找出殺死總編輯的凶手吧？」

「好吧……」海葆嵐望向右上方，一邊想，一邊緩慢地說：「故事的背景是一間古老大宅……裡面住了一位老爺爺。有一天，他……不小心絆倒，推倒了他家的少爺，還不小心吻上了對方……他於是想調查出自己爲何會被絆倒，之後……」

「夠了！」黃俊軒打斷對方的話：「世上哪有這麼胡鬧的故事？」

「眞的！石松律的小說就是這麼胡鬧，我才會丟掉！」

「妳不用騙我們了，他交給妳的那份文件根本不是小說稿件！」黃俊軒提高音量斥責對方。

「不，那眞是小說稿件。」

「那妳爲何審過稿，現在要說回故事內容就呑呑吐吐，好像是一邊說一邊編造故事？唯一解釋，就是那根本不是小說稿件。」

「不，是我記憶力差……」

「妳說謊！」

「不，我沒說謊，只是我根本沒看！」

二人一來一往互相駁斥，火藥味越來越濃，到這時空氣卻彷彿突然凝固起來，大家都說不出話來。

高天宙留意到黃俊軒的身子微微仰後，靠到椅背上，卻保持著沉默。

黃俊軒一直沒有說話，反而是海葆嵐先打破沉默：「我恨石松律，所以我根本沒看過那篇小說，就直接丟掉了。」

「妳……」黃俊軒不知為何說不下去，清了清喉嚨，才能繼續問：「妳不恨關梅喜，但恨石松律？」

「對，那個人只懂賣弄腥、羶、色，作品譁衆取寵，其實我一點都不喜歡。只因在二〇一八年末時，我一直交不出暢銷書，才在網路上看中了《胖勇者鬥瘦魔王》，和石松律簽約合作。沒料到他一點才華都沒有，出版社要求他把過度色情的部分刪減後，他完全沒有能力連接或填補那些空洞的部分，整部作品變得亂七八糟和枯燥乏味，猶如雞肋，銷量自然不好。」

「可是他不知羞恥，還一直纏繞著要我出版下冊，我把事情告訴了關梅喜，之後他剛巧在『X市好書大獎』頒獎典禮遇上石松律，於是藉機替我罵走他，還把所有罪名都扛上身保護我。我是不喜歡關梅喜的處事作風，但還未到會恨他的程度，我眞正恨的是石松律。」

高天宙聽到這全新的供詞，不禁暗暗讚歎上司的審問能力。然而對方的反應卻大不如前，只淡淡地拋出最後一道問題：「妳知道關梅喜有定時服藥的習慣嗎？」

「不知道。」海葆嵐想了想後補充：「應該說，我沒聽過他有長期服藥的習慣。」

「海小姐，我們的提問結束，感謝妳協助警方的調查。請妳在這裡稍等，待會我們的同事會帶妳離開。」

「好的，也辛苦你們了。」海葆嵐禮貌地回應，臉上卻不帶任何笑容，也再沒有望向後方的高天宙。

黃俊軒收拾好桌上的文件後，就和高天宙一同離開房間。門一關上，他就重重地嘆了一口氣。

高天宙不懂察言觀色地說：「辛苦你了，我們總算是對事情有另一方面的了解。」

「終於都完了……唉……」黃俊軒疲累地說。

高天宙這時仍未聽得出這句話的意思，問：「那我們現在怎辦？」

黃俊軒回應：「我想，我們需要的資料已大致齊備，可以結案了，我們先去會議室吧。」

現實世界

└→ 第四章〈事成〉

《殺人小說》出版四個月後，二〇二〇年六月二日下午，日長出版社發生了一宗慘劇，出版社的總編輯蘇錦聯被發現於總編輯房間內昏迷，最終證實死亡。

他的表面死因是急性中暑——在室內中暑。

雖然時值夏季，但在室內中暑極不尋常，事件因此引起了媒體的廣泛報導。很快就有人聯想到，這和中國半年前爆發的絮鉤腦炎以及隨後發生的零星中暑死亡個案相似。香港政府於是求助於中國相關部門，以獲得絮鉤腦炎的資料，不久確認蘇錦聯是香港第一名死於絮鉤腦炎的不幸者。

蘇錦聯出事時，他坐在辦公椅上，頭擱在雙臂，伏於辦公桌上，上身蓋著西裝外套，本應正在午睡，卻一睡不起。當時房間內的冷氣沒有開，但並沒有熱得會令人中暑。

報案者是日長出版社的市場部主管，蘇錦聯本應在下午三時半跟她一同前往出席一個商會會議，她在前往總編輯房間後發現蘇錦聯已失去知覺，辦公桌上亦有嘔吐物，她馬上報警求助，但救護員到達時發現蘇錦聯已死去。

事件發生後，香港市民人心惶惶。絮鉤腦炎去年十二月於中國爆發，但約四個月後，於二〇二〇年四月下旬，中國連續二十八日之確診人數爲零，正式對外宣布抗疫成功。不過，香港市民受過ＳＡＲＳ一疫的教訓，不相信這些「官方統計數字」，加上絜鉤腦炎感染者本來就幾乎沒有任何症狀，會在七至十四日內自然康復，但康復後不會免疫，意味著可能再度感染，有不少人認爲確診人數爲零是有未進行檢測的結果，並不反映事實情況，市民因此仍普遍佩戴著口罩生活，但開始對防疫逐漸鬆懈。沒料到，兩個月後卻發生了蘇錦聯的個案，恐慌情緒再度籠罩著整個城市。

雖然絜鉤腦炎的感染者一般沒有症狀，但在特定的情況下，絜鉤腦炎病毒會令患者調節體溫和排熱功能降低，很容易會熱衰竭、中暑昏迷甚至死亡。由於出現了第一名死者，爲了讓市民提防，政府不得不公布這個特定情況到底是什麼——長期服用鎮靜劑。

蘇錦聯的耳朵長期不適，所以經常拍打耳朵，並非諷刺他人的話不堪入耳。他的妻子其實早就留意到，但起初以爲只是他的小動作，直到兩個月前帶他去做身體檢查，才證實患上耳鳴。由於耳鳴的成因有很多，又難以檢測，所以醫生暫時處方了幾種藥物，包括維他命B群、鎮靜劑等，來讓他心情舒暢一點，暫時忘記惱人的噪音，避免加重病情，之後再安排詳細檢查。不幸地，蘇錦聯不知從何感染到絜鉤腦炎，鎮靜劑抑制了人體內對抗絜鉤腦炎病發的防禦機制，結果他在午睡期間陷入熱衰竭。一般陷入熱衰竭狀態的人如果無法在三十分鐘之內降溫和得到適當的處理，就會演變成中暑，死亡率高達百分之七十。蘇錦聯正是因中暑導致多個器官損壞，繼而身亡。

事後，政府呼籲所有市民暫停服用鎮靜劑，醫生嘗試以其他藥物替代，以暫時避免再度出現受害者，直至確認再無感染者。

但由於蘇錦聯死亡前一直有上班和出席各種大型活動，出版社內的員工亦不時接觸不同的人，市民普遍認爲病毒已經在香港廣泛流傳。

說回有關蘇錦聯的死，香港政府起初只把事件當作一般死於自然的病逝個案處理，但事隔不久，在一個網路論壇上忽然討論得沸沸揚揚，原來有人發現這宗命案竟與一本在幾個月前出版的推理小說《殺人小說》內容非常接近，終於引起了警方的關注，在同年七月正式開展調查，懷疑有人利用這部小說當成殺人劇本來合謀行凶。《殺人小說》的作者冼嘉浚和日長出版社的編輯黎麗娟成爲了最大的嫌疑犯。

現實發生的事竟與小說離奇地相似，《殺人小說》瞬即被封爲「奇書」，吸引了不少人好奇購買，銷量暴升，月光文化更要多次安排加印來滿足市場需求。

不過，令人震驚的並不只於《殺人小說》的內容與現實相似，最令很多人接受不了的，是香港警方的調查結果竟然也和故事內的一模一樣……

小說世界

└→ 第五章〈結案〉

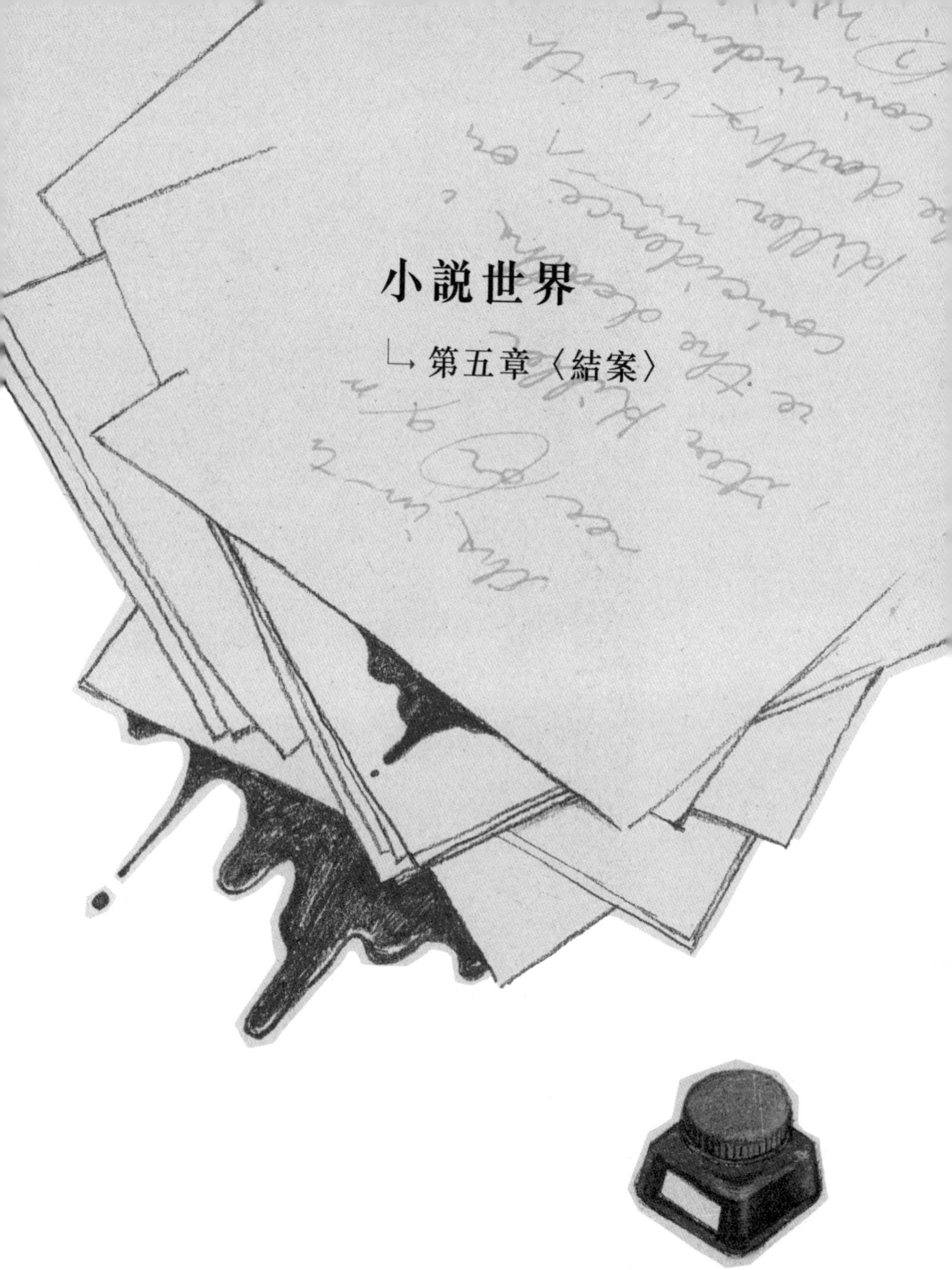

0

「《胖勇者鬥瘦魔王》的角色是整本書的靈魂所在，其他部分，比方說色情元素、衣飾等，其實都不是重點。招式的名字、角色誕生日期等設定都花了不少工夫逐字雕琢，產生絕妙平衡，讓讀者感到愛、甜美、和諧。」石松律在一次訪問中說。

1

高天宙和黃俊軒移師到會議室，黃俊軒重新看了一遍手上所有的資料，加上剛才進行的兩場審訊，確認事情已沒有什麼懸念，就對下屬說：「小天，不如你總結一下案情，以及說說你對案件的看法吧？如果我沒有提出反對的部分，之後你也可以這樣寫進報告。」

「沒問題。不過……」高天宙猶豫了片刻，才道出心中疑惑：「你不是要請人帶石松律和海葆嵐離開警署嗎？他們還在審訊室內呆等著啊！」

「呃，對……」黃俊軒半躺在椅上，慵懶地說：「反正忘記了，就稍後吧。」

在不知不覺間，黃俊軒已變回平日的那個悠閒警探。

高天宙都沒好氣多言了，就按照上司的指示，開始總結整件事的來龍去脈：「死者關梅喜，M出版社的總編輯，兩星期前於出版社的總編輯房間內暴斃，死因是龍葵鹼中毒引致心臟衰竭，死亡時間大約是當日下午一時半至二時半。」

「龍葵鹼一般存在於生番茄、發了芽的馬鈴薯等植物中。案發時正值午飯時間，關梅喜習慣每日攜帶由妻子準備的便當並加熱作午餐，事發後我們在現場發現了散落在地上的便當。由於法醫在便當內找不到龍葵鹼，代表死者體內的龍葵鹼不是直接來自便當，所以這並非普通的食物中毒個案。」

「近日C國受跂踵病毒肆虐，根據你早前在暗網上找到的資料……」

「停。」黃俊軒忽然打斷了對方：「跂踵病毒的資料從何而來，你就不必詳細言明了。」

高天宙差點失笑，心想原來上司也知道這樣做是不合正常搜證程序，不適合寫進報告裡。他改口繼續：「據資料顯示，跂踵病毒的感染者一般不會有任何症狀，但它潛伏在感染者體內後，在特定的情況下，會吸收胃部的茄類植物基因，並大量製造出龍葵鹼，令感染者死於龍葵鹼中毒。而且，即使只是吃下微量的茄類植物，都足夠產生致命劑量的龍葵鹼。而這個特定條件，就是感染者正長期服用情緒安定劑。關梅喜不幸地同時滿足了感染跂踵病毒、服下茄類植物和長期服用情緒安定劑這三個條件，因此發病身亡。」

「背景整理得好。那接下來，你說說關梅喜為何會同時滿足了這三個發病條件吧。」

高天宙點點頭，繼續總結案情：「第一個條件是感染跂踵病毒。關梅喜之所以會染病，是由於作家石松律在事發前一週寄信給關梅喜，要求取回作品的著作權，他在信中使用的墨水含有跂踵病毒，令關梅喜受感染。石松律表示墨水是購自電腦商場，警方亦在他家中搜到相關發票，但我認為他還是有可能自行把病毒……」

「暫停。」黃俊軒再次打斷他：「我們一步一步來，你暫時只須總結已知的事實，推論則留待稍後吧。」

「好。第二個條件是吃下茄類植物，那是來自編輯海葆嵐。海葆嵐在三個月前，因應醫生的建議開始按照營養餐單進食，每日留在辦公室吃午飯。死者出事當日，海葆嵐曾使用茶水間的微波爐來加熱她的番茄馬鈴薯湯，之後使用微波爐的關梅喜，他的便當沾上微量的馬鈴薯及番茄，其後吃進體內。我們查看過茶水間近一個月的閉路電視片段，證實海葆嵐的確整個月都自攜午飯來出版社，而且都在關梅喜使用微波爐之前完成加熱。」

「第三個條件是長期服用情緒安定劑，這來自關梅喜自身。在事發兩個月前，他的妻子發現他的情緒起伏越來越大，於是帶他去看家庭醫生，確定他患上躁鬱症，須服用情緒安定劑來控制情緒。不過，市場部主管呂幗珮和海葆嵐均表示不知道他有長期服藥的習慣。」

「結果，這三件看似獨立的事件同時發生，就令關梅喜病發身亡。」

高天宙總結完案情，回頭一看，竟發現黃俊軒正在打瞌睡，只好乾咳一聲來叫醒他。

黃俊軒自知差點睡著了，卻假裝冷靜地說：「整理得好。」

高天宙忍不住白了他一眼，但他馬上就發現自己闖禍，連忙尷尬地別過臉去。

不過，黃俊軒看到後沒有生氣，只勸告他：「我沒所謂，反正你本來已一天到晚把『我上司到底怎麼搞的』的表情刻在臉上，但你將來不要在其他上司面前這樣做，不是每個人都不介意。」

「對不起。」高天宙輕聲說。

黃俊軒拉回正題說：「基本資料已經齊備，可以結案了。那你說說，你覺得關梅喜的眞正死因吧。」

2

高天宙整頓一下思緒，深呼吸一下後，開始道出自己的推理：「我認爲關梅喜是作家石松律及編輯海葆嵐二人合謀殺死的。在去年十一月，跂踵病毒已經在C國爆發，石松律及海葆嵐說不定有辦法獲得相關資料，找出並利用跂踵病毒的發病條件來殺害關梅喜。他們於是在中式餐館最後一次見面時，已商量好合力殺害總編輯關梅喜。海葆嵐聲稱已丟掉的那份稿件，很可能就是二人的殺人劇本。時機一到，他們二人就各自按著劇本行動，石松律負責寄病毒信給關梅喜，海葆嵐則故意攜帶茄類食物令關梅喜的便當沾上茄類植物基因，所以即使他們二人之後沒有再聯絡也能成事。依我愚見，我們應該立刻拘捕並起訴他們二人！」

高天宙道出個人見解後，黃俊軒毫無反應，只呆呆地望著他。高天宙心想，對方不會是又睡著了吧？他只好輕聲呼喚一下：「黃總督察？」

黃俊軒並非睡著了，他只是對此感到失望。他嘆了一大口氣，搖搖頭道：「小天，眞可惜，的確是愚見，因爲全錯。」

「怎會？」高天宙不滿地反問：「那你說來聽聽，到底有什麼問題？」

黃俊軒坐直身子，直視著高天宙說：「要令跂踵病毒發病，必須滿足三項條件，首兩個條件的確是來自石頭哥和嵐妹妹，但距離成功指證他們藉此蓄意殺人，仍有一段距離。先說第一個條件，石頭哥使用的墨水含有跂踵病毒，但他的墨水購自電腦商場，而且有購買發票，只能說是巧合吧。」

「不。」高天宙不服：「他有生物學背景，加上在實驗室工作過幾年，要自行把病毒加進墨水，沒有難度。」

「但要自行把病毒加進墨水，也得先有跂踵病毒，你說病毒從何而來？而且，我們沒有在他的家中找到儀器，檢測他家中的病毒分布亦顯示沒有不尋常之處。」

高天宙想不到反駁的方法，黃俊軒就繼續說下一個可疑之處：「第二個條件是死者老闆服下馬鈴薯、番茄等植物，那是來自嵐妹妹。嵐妹妹是在三個月前開始按照營養餐單進食，而她亦刻意比老闆早使用微波爐。不過，嵐妹妹那份營養餐單上的都是尋常食物，就因爲她剛巧吃了番茄馬鈴薯湯就要治她的罪，似乎太牽強。老闆也沒告訴過出版社的員工不能使用微波爐來加熱馬鈴薯、番茄等食物。而且，嵐妹妹在剛才審訊時衝口而出的一句話很有意思——『如果早點去加熱午飯就能殺死他，全出版社的人都會這樣做。』她說出這話時眼神堅定，應該是眞心的。大部分員工都曾想過上司死，但不代表眞的會殺死他，就如你也曾經想過如果我死了會怎樣吧？」

「呃……」高天宙抓抓頭說：「黃總督察，我又怎會想過你死呢？」

「不，我知道你想過啊！」

高天宙認真回想，憶起自己在前往M出版社找呂幗珮時，看到海葆嵐已從上司的死恢復過來，當時的確想過如果黃俊軒死了他會怎樣。他不知道上司是怎樣猜到，震驚地回應：「你……你怎知道的？」

「我本來不知道，但現在知道了，呵呵。」

高天宙被上司擺了一道，啞口無言，第二個條件也懶得反駁了。

黃俊軒於是繼續說最後一點：「最大的問題是第三個條件。老關開始長期服用情緒安定劑，是在事發前兩個月。他為了保存顏面，不想其他人知道他患有精神病，甚至連市場部主管珮珮都不知道他有長期服藥的習慣，那麼石頭哥和嵐妹妹又怎可能在八個月前想好殺人計畫呢？」

「除非關太也是幫凶吧？」

「但你已調查過關太的供詞，確定她是真的不認識二人。」

「對。」

「我們亦找不到石頭哥和嵐妹妹在這八個月之間有通訊或見面的證據，最重要的那份稿件又找不到，所以他們二人合作殺人一事根本無法證實。」

「欸？」高天宙聽到上司的總結，不知所措地問：「那即是怎樣？要把他們都釋放嗎？」

「對呀，這也是無可奈何。X市是實行普通法的城市，刑事檢控的證據必須達到毫無合理疑點，寧縱毋枉。現在我們沒有足夠且毫無疑點的證據去證明他們合謀殺人，就只能說這是一場巧合，關梅喜是死於不幸了。」

「怎會這樣？」高天宙垂下雙肩，一副沒精打采的樣子。他實在不能接受，自己辛苦調查這麼久，一直認定是凶手的二人，竟然被認定爲只是巧合地令死者不幸離世。

「好，小天，說回你。」黃俊軒回復懶洋洋的姿勢，半躺在椅背。他話鋒一轉，語氣也變得跳脫活潑起來：「由於你的結案錯了，所以由今日起，作爲懲罰，我會改爲叫你作『小天天』。」

「什……什麼！」高天宙聽到暱稱後變得更難堪，馬上阻止道：「不！不可以這樣叫我！」

「不喜歡嗎？那就叫小天天寶寶？親愛小天天？又或者天天可愛？」

「不！」那些反建議更加不堪，在思緒一片混亂之際，高天宙無奈地接受最初的懲罰道：「小……小天天就可……但如果我下次結案做得好，就要改回來。」

「沒問題，那時候就改回小天，但再做得不好就絕對會變小天天寶寶啊！」

高天宙想到自己只是剛調職過來不久，不知道還會被悠閒警探起多少個尷尬得不能自己的暱稱，只能痛苦地仰天大呼：「天啊！」

小說世界　完

現實世界

↳ 第五章〈小說殺人〉

1

日長出版社總編輯蘇錦聯因感染絜鉤腦炎病發引致中暑身亡一案，由於《殺人小說》一書的內容與現實過於相似，警方懷疑是凶手以某種方法利用該小說來進行的蓄意謀殺，於是展開調查，把《殺人小說》的作者冼嘉浚和日長出版社的編輯黎麗娟列爲疑凶。

要利用絜鉤腦炎來殺死蘇錦聯，必須同時滿足三個條件：一、令死者感染絜鉤腦炎；二、死者長期服用鎮靜劑；三、死者陷入熱衰竭狀態卻無人發現。警方從這三個方向調查，發現根本難以證實是冼嘉浚和黎麗娟蓄意殺人。

首先，由於絜鉤腦炎的患者一般會於七至十四日內自然痊癒，要確保死者當時感染了病毒，就要必須於事發前一星期把絜鉤腦炎送到蘇錦聯面前（小說中則沒有提到跂踵病毒會自然痊癒）。然而跟小說中的石松律不同，現實中的冼嘉浚由始至終都沒有寄送信件或任何東西到出版社。當然，黎麗娟是有可能把病毒直接帶回辦公室，但警方開始調查本案時已經是事發後一個月，整個辦公室以至整個香港都有病毒的蹤跡，根本無法斷定病毒是由黎麗娟帶回出版社。警方在他們二人家中亦沒有搜出能夠培養或轉移病毒的工具。

第二個調查方向是有關蘇錦聯長期服用鎮靜劑一事，這點倒是跟小說中關梅喜服用情緒安定劑非常相似。蘇錦聯的妻子在事發兩個月前帶死者前往做身體檢查，發現他患上耳鳴，蘇錦聯因而開始長期服用鎮靜劑和其他藥物。不過，警方調查後發現，冼嘉浚和黎麗娟最後一次會面是在事發七個月前，他們當時在一家茶餐廳內不歡而散，也沒有像小說中的作家和編輯交換過稿件；同時，蘇錦聯開始長期服藥是在《殺人小說》一書出版之後，而且出版社內沒有員工知悉他有長期服藥的習慣。結果從這個方向來看，同樣沒有證據證明冼嘉浚和黎麗娟知道蘇錦聯長期服藥後合謀殺人。

唯一比較可疑的，是有關第三個發病條件。現實中的黎麗娟並沒有依照營養餐單進食，她長期於集團飯堂吃午飯。事發當日，她吃完午飯回出版社，想起早上提交給蘇錦聯的一份文件有點問題，想先取回修改，她知道蘇錦聯正在午睡，於是靜靜走進房內取回文件。這個行動雖然看來有點不妥，但其實全出版社的人都會這樣做。大家都知道蘇錦聯午睡時會睡得很香甜，身邊發生什麼事都不知道，而且如果向他正式要求取回文件，他一定會不高興，所以他的午睡時間就成為大家取回錯誤文件的大好時機。

黎麗娟向警方表示，她進入房間時感到有點冷，取回文件後，看到蘇錦聯只穿著單薄的襯衣在睡，於是拿起掛在椅背的西裝外套替他蓋上，並把房間的冷氣關掉，才離開房間。

沒料到，基於總編輯房間的座向，房間在中午過後就會受到太陽直射，溫度逐漸上升，加上蘇錦聯感染了絜鉤腦炎和長期服用鎮靜劑，腦炎令他的身體失去正常排熱機能，導致他在睡夢中陷入熱衰竭的狀態，最終中暑死亡。

據法醫分析結果，判定蘇錦聯的死亡時間約為下午二時半至三時半，而黎麗娟進房時間是下午一時四十五分；房間升溫，蘇錦聯陷入熱衰竭，繼而中暑死亡，大約需要一小時，和死亡時間大致吻合。有別於《殺人小說》，現實中總編輯的房間內裝有閉路電視，證實黎麗娟的供詞無誤，而且由她離開房間至市場部主管去找蘇錦聯其間並沒有其他人進出過房間。

黎麗娟的舉動是否構成殺害蘇錦聯的證據，這個議題在警方內部都存在著爭議，但負責本案的督察最終認為，由於沒有證據證明黎麗娟知道蘇錦聯感染了絜鉤腦炎和長期服用鎮靜劑，在一般情況下，她看到上司睡著了而把冷氣關上和替他蓋上外套，只是一種關懷他人的行為，難以聯想到會就此殺死一個正常人，即使說是誤殺也太牽強。而且閉路電視拍攝到黎麗娟在過程中的舉動自然，如果她是明知這個行動會殺死蘇錦聯，她應該會展露出不安或驚慌的神情，但她卻沒有。黎麗娟亦表示她不知道冼嘉浚出版了新書，也沒有看過。儘管案件和《殺人小說》的內容有很多相似之處，但存在疑點；衆人合法的行爲導致意料之外的死亡，就只能以蘇錦聯死於不幸結案。

現實和《殺人小說》以相似的背景開始，中間的走向雖有分岔，但現在又再次重疊在一起。

2

「好久不見。」作家冼嘉浚說。

「嗯，眞的好久不見了，應該有一年多了。」黎麗娟回應。

上次冼嘉浚與黎麗娟各散東西後，事隔一年，也就是蘇錦聯死後五個多月，二人終於再次碰頭。不過，今次的見面地點並非他們之前經常前往的那家茶餐廳，而是在日長出版社的會議室內。

冼嘉浚爲免功虧一簣，雖然事前已問過一次，還是決定再次確認：「這個會議室內應該沒有閉路電視或錄音裝置吧？」

「當然沒有，難得事成了，我才不會這麼笨爲自己留下新的證據。」黎麗娟自知這裡安全，說話時也比當日在茶餐廳直接得多。

「所以妳之前看《殺人小說》時，也沒有留下購買或閱讀的證據吧？」

「當然沒有，否則我們就未必能安坐在這裡了。」黎麗娟解釋：「我是看電子書的，而且買了一台便宜但全新的平板電腦來看，帳號是在咖啡店用公共Wi-Fi開設的，在書下載後我就關掉平板的上網功能，全程離線看。應該沒有人能追查得到吧？這些我都是跟年輕人學回來的。」

「還有一個可能性，就是搜出那台平板電腦。」

「你放心好了，那台平板電腦現在應該跟小說中石松律的細胞研究和培殖設備一樣，變成了碎片，散落在堆填區內了。對了，你好像寫漏了石松律是在何時處理掉那些設備呢！」

「呃，對。不過，我在小說開端說他的家中有那些設備，到後來說警方找不到，應該可以推斷到石松律是使用過後丟掉了。」

「但說起這部作品，故事的結局完全是反高潮，怎麼會有推理小說的結局竟然是事件純屬不幸的啊？凶手沒有抓到，讀者的正義感就無法得到滿足，這種不符合推理小說正常格局的作品，看得讓人很想撕書。如果不是有人在網路論壇說跟現實一樣而引起了大衆的注意，正常是絕不會大賣啊！」

冼嘉浚平淡地回應：「正如很久之前跟妳說過，這部小說的重點不是誰人犯案，凶手是誰其實讀者早就知道，但他們二人到底是如何成功犯案才是重點。既然警方找不到確鑿的證據，凶手就自然逍遙法外。而且，我從來也不是那種只爲滿足讀者及銷量而寫作的人，破格的推理小說才像我的作品啊！」

「其實我也不是一面倒地不喜歡該作品。故事後半部的風格突然一轉，變得輕鬆有趣，尤其那悠閒警探，表面悠閒、實質努力培育下屬的性格很突出，以中篇小說來說實在難得。」讚賞過後，黎麗娟提出埋藏在心中已久的疑問道：「不過，我有幾點不大明白，雖然事過境遷，我還是好奇想問清楚。首先，石松律到底是怎知道總編輯會有那個病，又會在該段時間求診及服藥呢？」

冼嘉浚看得出，黎麗娟表面上問的是小說內容，實際上是想知道現實世界的答案，他於是借用小說內的角色名字來道出現實的眞相：「石松律透過自己的觀察以及海葆嵐的說話，知道關梅喜不時會輕拍自己的耳朵。關梅喜到了這年紀而有這樣的習慣，很大機會是耳鳴。石松律在週六、日的監視過程中，留意到關太很在意丈夫的一舉一動。這兩點加起來，石松律估計，關太稍後一定會發現丈夫這個習慣，繼而建議丈夫求診。石松律憑著敏銳的觀察力，預知到事情的發展，就能在半年前跟編輯密謀，騙倒警方以爲整件事只是巧合和不幸而已。而實際上，他事後有一直觀察著關梅喜，確定他已開始長期服藥，否則就會想辦法讓關梅喜早日求診。」

「連呂幗珮也不知道關梅喜有服藥，石松律是如何知道答案的？」

「妳忘記了嗎？從那家中式餐館可看到總編輯的房間，就能留意總編輯有沒有定時服藥的習慣。」

「但警方不是問過中式餐館的侍應生和經理有關石松律的事嗎？如果他和海葆嵐最後一次見面後再次出現在中式餐館，警方照道理應該會知道。」

「只是要觀察關梅喜有沒有長期服藥這麼簡單的事，石松律並不一定要親自行動。付一點錢，請餐館的侍應生、出版社的其他員工甚至陌生人幫忙也可以呢！」

「你……石松律眞有本事！」黎麗娟讚歎過後，追問下一個不解之處：「另一個令我疑惑的地方，是整部小說中有兩節特別長，就是寫海葆嵐和呂幗珮之間有嫌隙，以及關梅喜背後有隱衷那兩段，那些好像都和現實有點出入啊……」黎麗娟說著之時有點心虛，因爲她在背後一直隱瞞著冼嘉浚那些事情，不明白爲何冼嘉浚會知道，更不能理解爲何他知道了仍打算殺死蘇錦聯。

冼嘉浚側了側頭道：「沒有啊！我怎麼可能會寫海葆嵐和呂幗珮有嫌隙以及關梅喜有隱衷呢？我也不知道有這樣的事啊。」

「是嗎？但我印象中眞的有，好像是第四章的第六和第七節……」

「可惜我沒書在手，無法確認。」冼嘉浚對這個計畫仍很有信心，安撫對方道：「在籌備出版這本書時，三次校對我都有看，都沒有看到異樣，照道理應該沒有奇怪的內容。無論如何，妳實在不用擔心，我之前就跟妳說過這是無風險的殺人計畫，計畫有可能失敗，但絕不會輕易被揭發。故事中石松律寄了信去M出版社，他又把文件交給海葆嵐，但現實連這些都沒有。而且，一般人幾乎不可能解讀出書中隱藏的行動指示，妳不用太擔心呢！」

「你也說得對，但你在小說內留給我的訊息，不怕會被聰明的讀者解讀得到嗎？」

「妳以爲我會把它們留著嗎？電子書版本的那些部分已經刪了。至於紙本書的舊版本我當然沒辦法把它們抹掉，但其中一個提示在紙本書內根本不可能看到，我是看準了妳會看電子書才這樣安排的。」

「你眞是想得太周到了。」黎麗娟如釋重負，忍不住再次稱讚對方：「我沒有海葆嵐那麼好演技，眞的沒辦法在作供時假裝吐出眞正心聲，幸好現實沒有這一幕。感謝你沒清楚告訴我蘇錦……關梅喜會怎樣死，否則海葆嵐在行動時就會露出馬腳呢。」

「妳太客氣了。」

黎麗娟解開心結後，轉換話題道：「閒話過後，我們不如說回正題吧。我相信你已經知道，出版社因爲總編輯的職位懸空，小妹下月將會升任總編輯一事吧？」

「當然知道。妳在日長出版社工作多年，在一眾編輯之中資歷最深，這是實至名歸，恭喜！」

「多謝。正因如此，我開始要爲出版社編排下年度出版計畫，你有興趣出版《千年殺戮（下）》嗎？」

「當然沒問題！我沒有來信取回著作權，就是爲了等待這一刻。另外，在過去這幾個月的空檔，我還準備了一部全新的輕小說，講述主角在新年期間掉進異世界賣名牌手袋，名爲《新春袋袋平安》，稍後也可以給妳看看。」

「好呀！說起來，你的作品總是這麼有趣，我實在很期待能夠再次和你合作呢。」

「不是再次合作殺人就好了。」話畢，冼嘉浚和黎麗娟二人高興地同聲笑著。

3

自蘇錦聯感染絮鉤腦炎死亡後，政府隔離和消毒日長出版社，並安排其員工進行病毒檢測，結果發現有近半員工受到感染，出版社以至該大廈都遍布病毒。

其後，專家在香港各地抽取樣本，發現病毒早已擴散至全港，短期內無法受控，只好呼籲所有市民暫停服用鎮靜劑，並頒布多項防疫措施，包括政府員工在家工作、禁止四人以上聚會、關閉餐廳和娛樂場所，以及強制所有市民於公共地方佩戴口罩。可是，由於政府的入境檢疫措施有漏洞，導致疫情相當反覆；另一方面，因爲感染者不服用鎮靜劑就沒有明顯症狀，除了對部分長期病患者及醫生來說相當困擾之外，一般市民近乎沒有影響，政府最終在四個月後決定撤銷所有防疫措施，與病毒共存，期待有一天疫苗出現，問題就迎刃而解。

另一邊廂，中國政府指絜鉤腦炎一詞帶有迷信色彩，並有侮辱《山海經》之嫌，建議將絜鉤腦炎改稱爲新型腦炎，香港政府以及早已被收編的媒體自然跟隨此項建議。新型腦炎一詞逐漸取代絜鉤腦炎成爲主流的說法。

蘇錦聯一案結案多時，由於死者被判定爲死於不幸，警方無須跟進，負責的督察把案件呈交後，就留待另一組別的總督察稍後考慮是否需要覆核和重新調查，沒有任何急切性可言。近年的資訊科技發展得很快，警隊在這方面卻不輕易浪費公帑，部分警員和文職人員仍在使用配備三．五吋軟碟機和ＣＲＴ顯示器的電腦，而且大部分的案件仍以紙本形式存檔，因此對有關公務員來說，在家工作就等同不用工作。加上復工後有大量檔案積壓和須要優先處理的急切案件，到蘇錦聯一案獲考慮是否需要覆核之時，已經是他死去十個月後的事了。

二〇二一年四月，女警李美惠把一大疊檔案搬到負責覆核案件的總督察的辦公桌上。

「我上星期不是已批核了過百個檔案了嗎？爲什麼還有這麼多？」總督察看到有這麼多工作要跟進，忍不住嘮叨了兩句。

「對啊，但這個星期的案件應該較好處理。」李美惠親切地補上一句：「要我幫你嗎？」

李美惠現年三十歲，別號美子，之前的職業是空姐，是今年因失業才加入警隊的新警員。

警隊近年面對招聘困難，人手嚴重不足，在二〇二〇年底拍攝短片宣傳，以警隊工作薪資高、福利好作招徠，並鼓勵三十歲以上的港人投考，李美惠就成爲了其中一員。她入職後獲編派到舒服的職位，留在警署內負責支援總督察處理檔案和文書工作。

相對於其他警員來說，李美惠的能力可謂出類拔萃，總督察對她寄予厚望。不過，他這時最須要的是先閱讀手上的檔案，於是婉拒對方：「暫時不用，但如果我需要時再找妳吧，謝謝。」

李美惠離開後，總督察開始把檔案攤放到桌面上。以前的他只會一個一個檔案逐一閱讀，絕不會這樣把檔案平鋪開來，只因現在上呈的檔案有很多是屬於「無須覆核」的類型。所謂的「無須覆核」，說白一點是「不准覆核」，當中大部分都是某類型的案件，他這樣預先篩除那些檔案，就能節省時間。

不一會，他在所有無須閱讀的檔案上簽名，代表正式結案；剩餘在桌上的檔案就只有兩個。

總督察對沒有檔案可看一事嘆了一口氣——在過去兩年，他沒有機會走到前線指揮，現在極需適合的檔案來覆核，好讓他能夠表現出他的洞察力和探案能力，才能有望升職。

他一臉無奈地打開這兩個檔案，深怕是那種比由某免費電視台拍攝的爛電視劇更無聊的倫常慘案，沒料到其中一個檔案竟令他眼前一亮。這宗案件他早前也略有聽聞，一直渴望有機會接觸，此刻竟然真的來到他的手上。

這名總督察年少時是推理小說迷，曾幻想自己加入警隊後，能夠像大偵探般威風八面，華麗地偵破各種棘手的案件。可是，年近四十的他逐漸面對現實，現今科技發達，現實中大部分的案件只須利用科技搜證和分析，事情就會水落石出。他平日覆核的個案，大都是搜證過程有遺漏而已，並不是推理出錯。這次難得接到跟推理小說有關的案件，雖然他不敢抱有太大的期望，但也馬上感到興致勃勃起來。

不過，最令他在意的是與這宗案件有關的證物之一《殺人小說》，書內的其中一個角色竟然跟他同名同姓，而且故事中也有美子，最大的差別是美子在現實中只是女警而不是法醫，而他自己也比故事中同名同姓的角色職級較高。

總督察高天宙在想，這會不會太過巧合呢？還是這是天意，要他覆核這個案件？

他好奇地初步翻了翻小說的初段，看到故事中的高天宙和法醫吳美霞近乎調情的對話，不禁打了個寒顫。他心想，還好他在現實中沒有調戲過李美惠，因為她有個看來不是善類的男友。高天宙只見過她的男朋友一次，當時來接她放工，據說是做著賺不了錢的職業，眼神卻相當銳利，是那種不到黃河心不死的人。高天宙閱人無數，也接觸過不少窮凶極惡的壞蛋，經驗告訴他，這種人如果是善良的話肯定前途無限，但如果對方把這份毅力用於做壞事將會很麻煩，在確認對方是善還是惡之前，還是少點接觸較好。

他自覺好像想遠了，回頭查看桌上的另一個檔案，是深水埗光州街某家茶餐廳的店面玻璃遭人惡意破壞的案件，店主的小狗後來還為了保護店主而被殺。事發時，閉路電視雖然拍攝到犯人，但他們全數蒙了面，衣飾和鞋子是很常見的款式，警方無法找出犯人，結果以玻璃意外損毀和小狗死於不幸結案。

高天宙緊皺眉頭，他雖然明白對無法確認犯人的案件，以意外或不幸來結案能避免拖低破案率，但這種結案也未免太亂來了，觀感很差。小狗的行爲有點令高天宙感動，他一度想覆核這案件，可惜他認出了這家店的店主。

「算了，那就是他們應得的報應。小狗，下輩子投胎要找個正常的主人啊！」高天宙這樣想，然後在檔案上簽名。

還是推理小說比較吸引他的注意，高天宙最終決定覆核蘇錦聯的命案。

4

高天宙決定爲蘇錦聯翻案後，細閱了《殺人小說》一書和這宗案件的整個檔案。他的探案經驗和直覺告訴他，這宗案件的巧合未免太多了——現實發生的事和《殺人小說》的內容相似、現實和小說皆以作家和編輯無罪來結案，以及高天宙和美子的名字出現在小說內。當太多巧合同時出現，那就不再是巧合。蘇錦聯的死很可能不是不幸事故，而是某種尚未有人能夠看穿的殺人把戲。

他留意到之前負責調查本案的督察，從三個方向來探案，包括死者感染新型腦炎的途徑、死者如何開始長期服用鎮靜劑和死者陷入熱衰竭狀態卻無人發現的原因。他得出的結論是無法確定冼嘉浚和黎麗娟是蓄意殺人。

高天宙覺得這是愼重且嚴謹的調查方法，卻不是最有效率。他個人喜歡從「壓垮駱駝的最後一根稻草」出發，反向推敲出整件事的來龍去脈。以蘇錦聯的案件來說，編輯黎麗娟看到死者睡著了，爲他蓋上西裝外套和關掉冷氣這一步，就是最致命的一擊。高天宙決定由這裡開始逆向調查。

原結案報告指出，假設黎麗娟不知道這件事會導致蘇錦聯死亡的話，這些舉動都只是出於關懷，難以聯想到會就此殺死一個正常人，即使說是誤殺也有點牽強。高天宙大致同意，但重點是大前提正確。而且，他發現這個大前提並不完整，因爲要考慮黎麗娟的行爲是否構成殺人，除了她是否知道這個行動會導致蘇錦聯死亡之外，還要考慮她是否故意這樣做。將「是否故意」和「是否知道」兩者結合起來，可得出四個組合——

一、黎麗娟的行動是故意的，而且知道會導致蘇錦聯死亡。

二、黎麗娟的行動是故意的，但不知道會導致蘇錦聯死亡。

三、黎麗娟的行動是無意的，但知道會導致蘇錦聯死亡。

四、黎麗娟的行動是無意的，而且不知道會導致蘇錦聯死亡。

原結案報告指黎麗娟無罪，只適用於組合四的情況；假如是組合一和組合三，即她知道會導致蘇錦聯死亡而做出相關舉動，無論她有意還是無意，其實已經是犯下殺人罪了（儘管組合三本身有點難以理解）。不過，根據調查報告所說，總編輯房間內的閉路電視拍攝到，黎麗娟爲蘇錦聯蓋上西裝外套和關上冷氣時的行動自然，沒有露出不安或驚慌的神色。對於一般心理正常的人來說，不要說是殺人了，蓄意嚴重傷害他人也不是一件輕易下得了手的事，除非是在極端情緒下，否則必定會或多或少顯露出與緊張、焦慮、不安、猶豫等情緒相關的生理反應，如手腳顫抖、眼神閃爍、來回踱步等。這不像作供的表現可以透過重複練習來造假，因爲沒有活人可供重複練習殺人。總結來說，高天宙覺得黎麗娟是眞的不知道她的行動會殺死蘇錦聯。

不過，這不代表她就能脫罪，因爲還有組合二這個可能——她是出於某種原因故意這樣做，只是當時不知道會殺死蘇錦聯而已。如果是這種情況的話，她就是協助第三方殺人，並非無辜了。

而且，這也引申出黎麗娟不是一人犯事，在她的背後必然存在第三方，而計畫亦是由這個第三方提供。

這個第三方會是誰呢？高天宙想起《殺人小說》的內容，跟現實比對的話，這個第三方就是冼嘉浚了。不過，這又衍生另一個問題：如果冼嘉浚真的指使或教唆黎麗娟間接殺死蘇錦聯，《殺人小說》這本書就等於他們的罪證，那他爲什麼要出版這本書呢？

一般來說，犯人刻意留下證據的最常見目的是爲了把罪行嫁禍給他人，或隱藏眞正的犯人。前者在這個情況不適用；如果是後者的話，就代表這宗案件背後還有第四個人的存在，但調查報告指出這宗案件沒有其他嫌疑人了。

撇開上述最常見的原因外，高天宙其實還想到兩個其他的可能性。第一是凶手故意暴露自己的罪行來對社會做出某種控訴。這點看來不成立了，因爲現在警方以「死於不幸」結案，如果凶手的目的是這樣，就應該拋出新的證據或者自首，但他沒有。

第二個可能性是凶手並非刻意留下證據，而是必須藉此達成某種目的，而這個目的很可能就是留下暗語來指示幫凶行動。在《殺人小說》中，石松律直接把那部聲稱是小說、但實質是殺人劇本的《老瀚推理》交給海葆嵐，雖然警方最後因爲找不到這部作品而無法證明他們二人合謀，但任誰都會懷疑他們。如果在現實中冼嘉浚和黎麗娟改爲以《殺人小說》來通訊的話，他們就能僞裝出長期沒有接觸和聯絡的表象。黎麗娟在作供時表示她不知道冼嘉浚出版了新書，也沒有看過，這點高天宙覺得很可疑，畢竟冼嘉浚曾經是日長出版社的作者，就算黎麗娟真的不再留意他，出版社內的其他人都可能留意到，這樣說反而有點此地無銀。

這部《殺人小說》無疑是整宗案件的關鍵，只要在作品中找到他們的通訊證據或暗語之類，就能證明他們二人合謀。

至於他們二人到底是如何確保蘇錦聯感染上新型腦炎，高天宙暫時沒有頭緒。不過，如果他能找到二人合謀的證據，說不定這個謎團到時也會迎刃而解。高天宙於是決定先集中精神研究這部作品。

5

高天宙認定《殺人小說》一書是整宗案件的關鍵之後，他花了一整個星期去反覆閱讀這本書。他將這本書的裝幀，以及對內容之中特別感到興趣和可疑的地方都一一記錄下來，例如那個珠光紙做的書衣、裸背線裝的裝幀方法、部分角色名字有點難讀、書中的註釋全出現在第三和第四章之內、只有第五章有第零節等。然而他離開校園後已經不知道有多少年沒看小說，他不肯定對現今的流行圖書來說，這些發現會否只是尋常的設計。

對於本書的內容，他也很有意見，包括警方的探案手法和程序等。不過，他最在意的還是故事中的高天宙，他那帶點天眞可愛的性格和暱稱，實在令他看得很尷尬，特別是那個「小天天寶寶」，他每次看到之時都不禁漲紅了臉。

可惜的是，儘管他絞盡腦汁研讀這本小說，一星期過去，他仍對冼嘉浚和黎麗娟是如何利用這本書進行殺人計畫苦無頭緒。他甚至懷疑冼嘉浚和黎麗娟是用了其他方式聯絡，一度沮喪得想放棄，畢竟這個年代已經有端到端加密通訊軟體，他們二人實在沒有必要利用全世界都能看到的出版物來隱藏訊息。不過，可能是出於經驗和對刑事案件的觸覺，也由於這本書的內容和現實有太多的相似點，高天宙還是決定相信自己的直覺和推斷——唯有如此相信，這宗案件才有辦法繼續查下去。

高天宙坐在總督察的房間內，托著頭，出神地瞪著書封。女警李美惠正在組別內幫忙派送著文件，經過高天宙的房間時剛巧看到，就把頭伸進來說：「你的樣子好像在告訴我，這本書你看到快要吐了，哈哈。」

在那一瞬間，高天宙感到有知音明白他的痛苦，忘了維持穩重的形象，訴起苦來：「妳怎知道的？我眞的把這本書翻到快要爛了！」

「因爲這副樣子我經常看到呢。」李美惠簡單解釋過後，再次主動伸出援手道：「你需要我幫忙嗎？」

「呃……」高天宙猶豫了一下，他不想示弱，但他眞的很需要幫忙，因爲他眞的完全沒轍。他曾一度想過，直接在檔案封面簽名，假裝沒有挑中這個檔案來覆核就算——如果他撰寫報告說覆核過這個案件並認爲結案沒問題，萬一將來出了事，責任就會算到他的頭上。但他花了整整一個星期，拖慢了處理其他事務的進度，如果就這樣把檔案送走，又感到不甘心。

曾爲空姐的李美惠輕易猜到對方的疑慮，知道他是不好意思求助於下屬，於是換個說法：「你當我是好奇問你，而你給我機會學習就好了。」

「那……」高天宙終於軟化：「我就隨便說說，妳聽聽就好。」

高天宙沒有把個案內的所有資料詳細告訴李美惠，畢竟有些是沒有對外公開的調查結果，他只告訴李美惠死者的死因和他的推測，即這本書應該藏著一名作家和一名編輯之間的通訊方法、行動指示或暗號之類的東西。

「明白了，簡單來說，我就是看看這本書有沒有什麼地方特別可疑或者藏著什麼祕密吧？」

「對。那這本書我就先借給妳，妳估計妳要看多久呢？」

高天宙正想把《殺人小說》遞給李美惠，她瞥了書脊一眼，卻揮了揮手道：

「不用了，這本書我應該可以拿到電子版本。而且我看書很快，這麼薄的書，今天晚上應該可以看完。」

「妳打算晚上看嗎？好像不大好，佔用了妳的私人時間。」

「沒問題。我之前就說過，我只是好奇，當作消遣而已，而且我現在有其他日常工作要處理嘛。」

「那……」李美惠的盛情難卻，高天宙只好建議：「那明天我請妳吃午飯吧，當作答謝妳的幫忙，到時候妳可以順道告訴我妳的發現。」

「好，我就不客氣了，明天見。」

李美惠高興地離開房間後，高天宙忽然有點後悔。他在擔心對方看到「小天天寶寶」後，他的上司形象會蕩然無存嗎？

6

翌日中午，高天宙按照約定，和李美惠到附近的一家餐廳吃飯。

高天宙選了一家稍微高級的西餐廳，訂座時還要求安排較寧靜的位置，畢竟他和李美惠的討論涉及案件，加上他不想讓太多人看到他單獨和女下屬吃飯。

餐牌上的食物花多眼亂，而且都很吸引，李美惠花了點時間才選擇好。醉翁之意不在酒，高天宙對食物則毫不在意，待侍應生離開後，就馬上問：「妳有什麼發現嗎？」

「有一點點吧，不過不知道對你有沒有用。」李美惠說著之時，從手袋中拿出手機，打開了電子書閱讀程式「獨讀喵」，上面這時已顯示著《殺人小說》的其中一頁。她接著再拿出一冊小本子，上面載有她閱讀時的筆記。

高天宙的目光這時被《殺人小說》的電子書吸引著，因為這是他第一次看到電子書。他說：「用手機看書的畫面好小啊。」

「嗯，是有點小，用平板電腦或者電子閱讀器會較好，但用手機的好處是隨時隨地都可以看。我回家後就會轉用閱讀器。」李美惠回應。

「妳看來很喜歡看書呢。但畫面這麼小，看起來不辛苦嗎？」

「不會啊。電子書的最大好處，是可以自由調節字體的大小。」話畢，李美惠示範給高天宙看。

「哦，這樣很方便，我這種老人就不怕老花眼看不到了，哈哈。」高天宙自嘲。

「高總督察你怎會是老人呢？其實我平時也習慣把字體調大一點，我用這部手機來看電子書時，通常都設定一行顯示二十個字，字不會太小，看得比較舒服。」

「設定成一行二十個字有特別意思嗎？」

「其實沒什麼特別用處，只是傳統的原稿紙就是一行二十格，我男朋友習慣了用手機看電子書時也是設定這個大小，我慢慢養成了同一習慣。」

高天宙不想和李美惠的男朋友有任何瓜葛，聽到「男朋友」三個字後頓時不想繼續談這個話題。侍應生這時來得正好，送上他們二人的午餐，高天宙於是建議他們一邊吃午飯，一邊談談李美惠閱讀這本書時的發現。

高天宙滿心期盼地聽著李美惠的意見，以爲很快就會聽到能夠協助破案的重大線索，然而她提出的第一個發現，卻是高天宙自己也留意到的。李美惠說：「我發現書中出現了你的名字和我的別名美子呢！」

高天宙高興不起來，但仍鼓勵她道：「很好，請繼續。」

「我發現書中的註釋，不知爲何全出現在第三章之後，之前一個都沒有。」

「對，我也留意到。還有其他發現嗎？」

李美惠看了看筆記後，說起對這本書的讀後感：「我覺得這個故事設定了一個看來有點厲害的悠閒警探黃俊軒，最後竟然無法把凶手繩之以法，彷彿在作弄讀者，完全沒有讀畢一般推理故事的爽快感。故事給人有點草草收尾，甚至有未完成的感覺，而且在宣揚著某種扭曲的正義。」

高天宙沒有說話，李美惠續說：「不過，本書對角色的犯罪心理描寫得不錯，殺人動機也有說服力，但故事的推理部分有點弱，似乎擔不起推理小說這個類型呢，只能勉強當犯罪小說或異色小說來看。」

高天宙對她的這個「發現」有點失望，因爲他昨日已說過，冼嘉浚和黎麗娟二人打算以這本小說來隱藏行動計畫、通訊方式或暗號等，請她以此作出發點去看這本書，什麼故事草草收尾、角色描寫不錯等讀後感根本不重要。雖然硬是要說的話，她認爲《殺人小說》的故事有點爛，就是間接確認這不是普通的小說。這本書雖是冼嘉浚自費出版，月光文化那邊的編輯可能不會對故事內容提出太多意見，但他畢竟已不是寫小說的新手，仍會出版有點爛的小說就意味著背後隱藏了些什麼。

「妳還有看到什麼嗎？」高天宙心情有點低落地繼續追問李美惠，期望她還有什麼重大發現。

李美惠仔細地翻閱著手上的筆記，她似乎感到高天宙對她有期望，於是努力地看看自己的筆記內會否有漏網之魚。可是，她的答案卻令高天宙大失所望：「還有角色的名字好像有點奇怪，但我說不出爲什麼覺得奇怪。大致上是這些了。」

高天宙忍不住吐出心底的不悅：「爲什麼只有第五章有第零節這一點妳都看不

到呢……」不過，他馬上察覺到自己的要求太高了，對方本來只是仗義幫忙，他於是連忙改口：「不好意思，無論如何都要感謝妳的幫忙呢。」

李美惠的心思卻停留在高天宙的上一句話，不解地問：「你剛才說第五章有第零節？我沒看到啊！」

「怎會沒有？」

李美惠在手機按出電子書的目錄，翻到第五章，遞到高天宙的面前：「你看，第五章一開始就是第一節。」

「不，在第一節『高天宙和黃俊軒移師到會議室』前還有一段，我記得是『《胖勇者鬥瘦魔王》的角色是整本書的靈魂所在，其他部分什麼什麼不是重點……石松律在一次訪問中說。』」高天宙早已把這本書背得滾瓜爛熟，很有自信不會記錯，奪過對方的手機向前翻頁，卻發現上一頁已是第四章的結尾。

「咦？眞的沒有。」他一臉疑惑地喃喃自語，一度懷疑自己是否眞的記錯了，但他整個星期都在翻閱這本書，而且已默唸出那段內容，總不會是幻覺吧？

他就這樣盯著李美惠的手機好一段時間，回過神來時，才發現自己又失儀了，趕緊把手機歸還給李美惠。李美惠知道他探案心切，沒有在意，伸手接過手機時，高天宙卻察覺到另一件令他在意的事——李美惠左手手腕上戴著的飾品，他早前好像在哪裡見過。

他把手機歸還後，指著對方的左手問：「這條手鍊是什麼？我好像在其他地方看過。」

李美惠看了一眼，不期然露出甜蜜的微笑。她說：「是石榴石水晶手鍊，不是很特別的東西，你在其他地方看到並不奇怪啊。這是我的男朋友送給我的，因爲我是一月生日，石榴石正是一月的誕生石。」

高天宙雖然一直對和她男朋友有關的話題很抗拒，但他有預感這件事和案件有關，只好硬著頭皮追問：「誕生石？即是每個月份都有不同的對應寶石？」

「對呀，相傳佩戴屬於自己出生月份的誕生石會較好運。誕生石在不同國家和年代有一點點改變，但大致上還是差不多。一月是石榴石，二月是紫水晶，三月……之後的我不記得了，你有興趣可以在網路上找找，應該很容易找到這個資料。」

高天宙認爲這是重要的資料，因此出神地思考著案件，不自覺地口中唸唸有詞起來：「十二個月嗎？書中剛好有十二個註釋……」

「十二個註釋？」李美惠聽到他的話，打斷他道：「你是說《殺人小說》嗎？我記得只有九個註釋啊。」

「不可能！」高天宙不忿地反駁：「書中的確有十二個註釋啊，全集中在第三和第四章，這次我不會再記錯。我還記得第十二個註釋是溫室效應，當時我看到還感到很奇怪，溫室效應這麼簡單的常識也要加註釋嗎？」

李美惠皺著眉頭，好像在猶豫應否繼續說，但她認爲自己沒錯，還是鼓起勇氣道：「高總督察，我自問記憶力不差，而且我昨晚才看完這本書，仍歷歷在目，最後一個註釋應該是註釋九，是『X市人多地少』什麼的。」話畢，她翻著電子書，確認註釋九眞的是全書的最後一個註釋，還遞給高天宙看。

高天宙瞠目結舌，但他不是對自己一再記錯感到驚訝；與之剛好相反，他是肯定自己沒錯——是電子書的內容和紙本書有出入！

他一臉凝重地問：「美子，這方面妳可能比較熟悉。電子書會跟紙本書的內容不同嗎？」

「一般而言不會，有些出版社會拿同一套定稿來同步做紙本書和電子書，有些出版社則是完成紙本書後，再拿紙本書的最終文字檔來做電子書，但無論是哪一種方法，除非是有獨家內容或另一種形式無法呈現的內容，否則一般來說都是一樣的。不過，如果在紙本書出版後發現有問題，例如錯別字等，電子書可以馬上更新，紙本書就要留待下次加印或再版時才能修改，這樣就會有輕微的分別。」

容。」

「啊！電子書原來可以更新？」

「對呀，跟你的手機軟體差不多，只是電子書一般只會改錯字，不會新增內容。」

「但如果是刪減內容的話可以嗎？閱讀平台不會理會嗎？」

「大部分平台其實不多理會。以我最常用的這個『獨讀喵』爲例，他們算是比較嚴謹，出版社上傳或更新電子書檔，都要通過審批。不過，他們主要是檢查書檔有沒有結構問題爲主，例如書檔會否無法打開，不會詳細研究內容。」

「我想我找到新的調查方向，很可能會找到藏在書中的祕密。謝謝妳，美子。」高天宙滿意地說，李美惠卻完全猜不透她到底是怎樣幫助了對方。

7

二〇二一年四月中，冼嘉浚的新書《千年殺戮（下）》出版，日長出版社爲這本書安排了一場新書分享會，同場還邀請了一些女模特兒打扮成故事中的性感角色，吸引了不少讀者和支持者出席、圍觀和拍照，當中包括了曾因上冊內容遭刪減而忿忿不平的支持者，他們得知下冊會和原版一樣充滿令人心跳加速的情節，決定重新支持冼嘉浚，場面好不熱鬧。

黎麗娟現在雖然已貴爲出版社的總編輯，分享會這種小事其實不用她親自到場，但或許她覺得是多虧冼嘉浚的計畫，她才得以晉升到這個位置，今日她不但到達現場指揮活動，還親自上台當這場分享會的主持，和冼嘉浚在台上對談，分享這本書的製作趣事和花絮。他們二人在台上有說有笑，但沒有提及本書爲何這麼遲才出版，也略去了與蘇錦聯有關的部分。

約一個半小時後，活動結束，他們一起走下台時，一直站在場外某處監視著的高天宙帶同部分穿便衣、部分穿制服的警員攔截他們，就像《殺人小說》中石松律在「X市好書大獎」頒獎典禮中截停關梅喜的一幕。

「恭喜你們的新書分享會順利舉行。」高天宙笑裡藏刀地說。他這句話也參考了書中石松律的對白。

日長出版社的新任市場部主管看到警察把總編輯包圍，馬上想走過來了解，卻被軍裝警員阻止：「警方正在查案，閒人勿近。」

原本在黎麗娟臉上的愉悅之情逐漸消失。冼嘉浚倒是保持著冷靜，還開玩笑道：「警方帶這麼多人過來，應該不會是來替我辦新書派對吧？」

「我想你知道我是誰後，就高興不了。」

「如果有誰的名字是我聽到就高興不了的話，那一定是政府高官的名字了，哈哈。」

高天宙沒理會他的玩笑，遞出委任證道：「我是高天宙，不過不是督察，是總督察。」

黎麗娟聽到對方的名字，臉色變得更難看了，而且她從對方這句話中，聽得出他看過《殺人小說》。不過，冼嘉淩仍很努力地裝出平靜，還反諷警方：「原來警察是有委任證的啊。」

「我之前還聽說大部分的作家不擅辭令，但你卻和調查報告中說的一樣牙尖嘴利。你不用再裝傻了，你和黎麗娟合謀殺死蘇錦聯的把戲，已經被警方拆穿了。」

冼嘉淩不徐不疾地回應：「蘇先生不是死於不幸嗎？這是你們警方之前的結案啊。對於這件事我們都感到很難過，但難得蘇太也逐漸放下傷痛，我希望你們不要再多生事端，無的放矢。」

「我們才不是無的放矢，你們利用《殺人小說》一書來犯案的方法已經全部被警方破解了。」既然對方不肯承認，高天宙只好搬出證據：「警方已向電子書平台『獨讀喵』求證，確認《殺人小說》的電子書在二〇二〇年六月尾，也即是蘇錦聯死後不久，推出了更新版本，把書中第五章第零節刪除了。」

「你的意思是我們把罪證刪掉嗎？別傻了，就算我們能夠把電子書的部分內容刪除，已出版和賣出的紙本書都無法修改。這樣做有什麼意義？」

「已賣出的紙本書你當然無法修改，但你很聰明，那一節藏著的解碼線索，只有在電子書才能看得出端倪，所以刪不掉紙本書內的根本不重要。你事前知道黎麗娟有閱讀電子書的習慣，而且知道她習慣把字體調到多大，於是就把訊息以只有那種方式才看到的方法藏起來。」

高天宙向身旁和他一起行動的李美惠示意，她就把一張印有以特別方式排列的文字遞到他們二人之間。

「《胖勇者鬥瘦魔王》的|角色是整本書|的
靈魂所在，其他部分，比方說|色情元素、|衣飾
等，其實都不是重點。招式的|名字、角色|誕生
日期等設定都花了不少功夫逐|字雕琢，|產生絕
妙平衡，讓讀者感到愛、甜美、和諧。」|石松
律在一次訪問中說。

高天宙繼續向冼嘉浚說：「這是第五章第零節的內容，表面上是說石松律在一次訪問中分享《胖勇者鬥瘦魔王》的創作理念，但只要把電子書的字體大小調節到每行顯示二十個字，就會在每行的第十四個和第十九個字看到隱藏訊息。」

警方已在這段文字每行的第十四個和第十九個字之下加上底線（除了標點符號），冼嘉浚仍冷靜地照著讀：「角、書、色、衣……」

「事到如今你還要裝傻了！」高天宙怒斥：「是像藏頭詩那樣橫著讀：角色名字、書衣、誕生石。這段文字是解讀出行動指示的第一步，提示黎麗娟要利用書中的角色名字、本書書衣和誕生石來繼續找出行動指示。」

「只不過是巧合罷了！」冼嘉浚沒有招認的打算，繼續反駁：「你們眞是玩文字獄玩上頭了，一本小說內有這麼多字，你們不斷調節每行字數，總會有機會找到有特殊意思的字句，說不定你們還能找到光復什麼、小心地滑之類的字句，到時又要治我的罪嗎？」

「我就知道你不會承認。那你要如何解釋在電子書版本更新時，爲什麼還要刪去其中三個註釋？」

「那是因爲……」冼嘉浚一時間也想不到合理的解釋。

「因爲那三個註釋藏著利用角色名字、書衣和誕生石解讀出來的行動指示！你知道那三個註釋當中有兩個有點牽強，擔心警方即使找不到第五章第零節藏著的暗語，也可能直接從註釋中找到行動指示，於是順手刪去，但這正好代表那部分就是關鍵所在。」

高天宙沒好氣和冼嘉浚繼續糾纏下去，義正辭嚴地道：「剩餘的事不用我在公衆地方向你們一一解釋吧？我們回去再說吧！冼嘉浚、黎麗娟，警方有理由懷疑你們合謀殺死日長出版社前任總編輯蘇錦聯，現在正式拘捕你們。」

高天宙望向身旁道：「美子，黎麗娟那邊交給妳。」

一直強裝鎮定的冼嘉浚，之前聽到高天宙的名字時仍沒有什麼感覺，現在再一次聽到《殺人小說》內另一個故事角色的名字，忽然雙眼瞪大，好像終於察覺到什麼。但高天宙沒爲意，就這樣和同僚把他們二人帶回警署。

8

冼嘉浚和黎麗娟被分別送到審訊室，由高天宙的下屬負責盤問。他在旁邊逗留了一會，知道事情沒有這麼快完成，就先回辦公室休息一下。

李美惠新加入不久，還未有能力協助審訊，一直留在辦公室內。她看到高天宙回來，就馬上準備熱茶，送到他的房間。

「謝謝。」話畢，高天宙看到對方沒有離開的意思，猜到對方的心意：「妳想問有關案件的事嗎？」

「對，可以嗎？」

「本來是不可以的，不過是妳幫我找到了突破點，妳問吧。」

李美惠問：「剛才你說，在第五章第零節中找到『角色名字、書衣、誕生石』是解讀出行動指示的第一步。誕生石是什麼我知道，但我不明白它和角色名字、書衣有什麼關係？」

「先說角色名字吧。妳還記得小說中的角色名字嗎？」

「當然記得。」李美惠信心滿滿地回應：「出版社那邊有作家石松律、編輯海葆嵐、總編輯關梅喜和市場部主管呂幗珮，警方那邊則有……」

「警方那邊不重要，重點就在你剛提到的幾個角色之中。我記得妳之前說過，覺得角色的名字有點奇怪，因爲它們都是爲了別的目的而改成這樣。妳只要把這些名字重新排序，就會發現跟誕生石的關係。」

「把這些名字重新排序？唔……」李美惠沉思了不久，就找到了當中的玄機：「啊！把『石松律』這三個字調換次序成『律松石』，就和國語『綠松石』同音，綠松石是十二月的誕生石！」李美惠上次和高天宙討論過後，翻查了誕生石的資料，現在記憶猶新。

「對，繼續吧。」

「『海葆嵐』轉換成『海嵐葆』，和『海藍寶』同音，是三月的誕生石。那麼關梅喜和呂幗珮……」

高天宙知道對方已掌握了重點，就不花對方時間，直接把最後兩個的答案說出來：「關梅喜和呂幗珮其實沒用，但冼嘉浚可能怕黎麗娟鑽牛角尖，所以這兩個名字也改得相當貼切且有意思。『關梅喜』重組成『梅關喜』，國語音近『沒關係』；『呂幗珮』轉換成『呂珮幗』，廣東話音近『女配角』，代表這兩個角色無關。」

「明白。我記得你說過，十二個月誕生石可能是對應書中的十二個註釋，所以之後就是去看註釋三和十二嗎？」

「對，不過妳要看紙本書才行，妳手機內的電子書已經沒有這些註釋了。」

高天宙把紙本《殺人小說》遞給李美惠，不一會，兩個註釋她都找到了，朗讀出來：「註釋三是『裸背線裝：書本裝幀方式之一，有別於一般的平裝（又稱膠裝）書，不以書封和膠在裝訂處固定，只以針線穿孔縫製成書，通常用於需要完全攤平的書籍。爲了不讓醜陋的書脊暴露於人前，通常會蓋上書衣，書衣也因此是紙本裸背線裝書的重要部分之一。』註釋十二則是『溫室效應：指大氣層吸收幅射能量，令地球溫度上升的效應；人類大量排放二氧化碳等溫室氣體是加劇溫室效應的主要元凶。一般市民平日可關掉不必要的電器，以減少碳排放。』」

「對，冼嘉浚留給黎麗娟、含行動暗示的內容就在這兩個註釋內，分別是『不讓醜陋的書脊暴露於人前，蓋上書衣』和『關掉不必要的電器』。蘇錦聯吃完妻子準備的便當就會午睡，冼嘉浚在監視蘇錦聯那一個月內留意到，出版社內的人同樣知道。冼嘉浚事前已調查出新型腦炎發病時的症狀，於是留下指示，黎麗娟猜到眞正的意思，所以在蘇錦聯午睡時藉故潛入房間，爲他蓋上西裝外套以遮蓋背部和關掉冷氣，最終令蘇錦聯中暑死亡。」

「明白。」

「接下來還有一個提示，是書衣和誕生石的關係。」

「書衣？電子書哪有……啊，也是紙本書嗎？」李美惠查看手上的《殺人小說》後說：「書衣是珠光紙做的，眞豪華……啊！珠光紙又名珍珠紙，珍珠是六月的誕生石！所以是有關註釋六嗎？」

「妳先看看。」

「高天宙沒有說出的心聲是：『這個不應該這樣使用的。』」李美惠唸出註釋六後，仍想不通是什麼意思：「那即是怎樣？」

「那即是『六月』，不是用來查看註釋六，而是行動的日期。蘇錦聯的死亡日期正是六月二日。」

「原來是這樣！」李美惠驚歎：「冼嘉浚隱藏的訊息很巧妙，必須同時查看紙本書和電子書，才能找出所有指示。」

「其實他也怕黎麗娟只看電子書而忽略了紙本書，所以他在註釋三也有留下提示『書衣是紙本裸背線裝書的重要部分之一』。這句話中，紙本兩個字其實是多餘的，因爲電子書沒有裝幀可言，但如果黎麗娟沒看過這本書的紙本是什麼樣子，可能就會在這句話中找到多一點提示。」

李美惠點點頭，然而她發現還有一個重要的問題未有解決，追問高天宙：「但我還是不明白，要令人死於絮鉤……新型腦炎，必須滿足三個條件，蘇錦聯自己服用鎮靜劑滿足了一個條件，黎麗娟在冼嘉浚的指示下爲蘇錦聯蓋上西裝外套和關冷氣滿足了另一個，但最後一個條件呢？他們是怎樣確保蘇錦聯在他們行動時感染了新型腦炎？」

「好問題。」高天宙微笑著解答：「其實我當日破解了他們在《殺人小說》中隱藏的訊息後，對這點也很疑惑。我的推測是這樣：剛才說過，冼嘉浚指示黎麗娟在六月採取行動，他在那個日期前，應該一直監察著新型腦炎病毒的擴散情況。雖然事後我們在他的家中找不到證據，但他有生物學和實驗室工作的背景，應該有能力分析環境中的病毒。他可能本來有想過自行把病毒送到出版社，例如像小說中寄信給蘇錦聯，所以他曾對黎麗娟說最後下毒的人將會是他，但他後來可能發現新型腦炎病毒早已遍布全港，就什麼都不用做了。」

「什麼？你的意思是在這宗案件前，新型腦炎病毒早已遍布香港？怎麼可能？」

高天宙怕以下的話被其他人聽到，影響晉升機會甚至職位不保，於是放輕聲音說：「妳還記得ＳＡＲＳ是怎樣在香港爆發的嗎？冼嘉浚應該在賭，新型腦炎病毒會和ＳＡＲＳ一樣傳播到香港。新型腦炎病毒感染者沒有症狀，基於政治考量，香港政府在出現第一個犧牲者前絕不會封關，那麼病毒流傳到香港就只是時間的問題。」

「妳可能還會問，新型腦炎會自然康復，六月二日那天如果蘇錦聯剛康復了就會沒事。這樣想沒錯，但冼嘉浚只指示黎麗娟在六月行動，沒說過只行動一次，只要黎麗娟在六月內不斷想辦法進入蘇錦聯的房間爲他蓋上西裝外套和關冷氣，而病毒又早已遍及整個香港的話，他早晚有一次會病發身亡。只是不知道是冼嘉浚和黎麗娟幸運，還是蘇錦聯不幸，六月才過了兩天，他就遇害了。」

李美惠說：「這方法的不確定性很高啊！新型腦炎只是令患者調節體溫和排熱功能降低，較易中暑，卻沒必然性。雖然我也明白，香港四周都是裝有冷氣的建築物，加上到處都是人，只要患者及早被發現就不一定有大礙，但萬一有其他長期服用鎮靜劑的人比蘇錦聯早病發，政府呼籲市民停用鎮靜劑，蘇錦聯就不會死了。」

「妳說得沒錯，這是一種『概率殺人』的手法，簡單來說就是執行或不斷執行有可能導致受害者死亡的行動，直至成功爲止。這種方法不一定成功，但勝在易於隱藏和難以追蹤，而且失敗了的話幾乎不會被察覺。」高天宙解釋：「我剛才回來辦公室之前，稍微聽了一下黎麗娟的作供，她知道警方已知悉一切，打算倒戈當污點證人指證冼嘉浚。她說，冼嘉浚跟她說過這是無風險殺人計畫，即使事敗，也不會留下罪證，才會上當聽對方的話。我從這句話聽得出，冼嘉浚本來就知道這個計畫是有機會失敗的，但如果失敗了，對於他來說只是損失了自費出版的金錢，沒有什麼後果可言。」

李美惠皺著眉頭，有點不屑地說：「雖然我這樣說有點不妥，但他們成功殺死蘇錦聯，黎麗娟的得益其實比冼嘉浚大得多；現在出事了，她卻馬上倒戈，是不是有點惡劣呢？」

「其實黎麗娟由始至終都是個不負責任的人，從她過往跟市場部主管、總編輯和作者之間的互動就能看到，她不肯認眞工作，出事就諉過於人。另一方面，冼嘉浚也不完全相信她，所以才不使用《殺人小說》內的那種方法直接告知行動指示，也不敢使用端到端加密通訊軟體，因爲他擔心如果對方出賣他，把殺人劇本或訊息交給警方，他就完蛋了，於是才會構思出這麼迂迴的方法吧。」

「所以結論是，這一對作家和編輯之間根本就沒有互信。」

「嗯。」高天宙點頭和應。

李美惠滿足了好奇心，向高天宙道謝後便離開房間。

高天宙樂意和李美惠談論案情，除了是當作感謝對方的協助和覺得她是可造之材外，其實也是想藉機整理一下思緒，以及看看李美惠會不會在過程中，解開他想不通的事情——高天宙對這宗案件的有些部分仍存疑。

高天宙至今仍不明白，冼嘉浚爲何會說這是無風險的殺人手法。失敗了的話幾乎不會被察覺這點是眞的，但成功了的話，就像現在的情況，很難不引起公衆和警方的注意。雖然他更新了電子書內容來隱去行動指示，但照正常推測也應該知道，電子書平台會有過去的更新紀錄，甚至會保留舊版本的備份；也會有一些讀者的閱讀器長期不連接網路，機內就會一直保留舊版，這些都會令這手法不是完全無風險。無風險的說法其實是純粹騙黎麗娟協助的話術？還是他過於自信，認爲他隱藏的訊息不可能被警方破解？

這又引申出另一個疑問。冼嘉浚在《殺人小說》隱藏的訊息和行動指示，其實眞的是爲黎麗娟量身訂做，除了她之外一般人眞的不大可能發現，如果不是李美惠提起了誕生石，以及她愛閱讀電子書而令他發現電子書遭到刪改，他本來應該是無法破案的。偏偏就是碰上了李美惠！

而且，爲何《殺人小說》之中會出現他和美子的名字？他不認識冼嘉浚，冼嘉浚也不像認識他和李美惠。如果只是隨意取名，會這麼容易跟兩個陌生人的名字相同嗎？這些巧合是不是有點太多了？

高天宙看了看手錶，自覺差不多應該回去看看錄取口供的情況。

「算了，世上本來就有很多事情是難以理解，能成功覆核案件就好。」他心裡面這樣想，然後就離開了總督察的房間。

現實世界　完

《小說殺人》完

解說與改編筆記

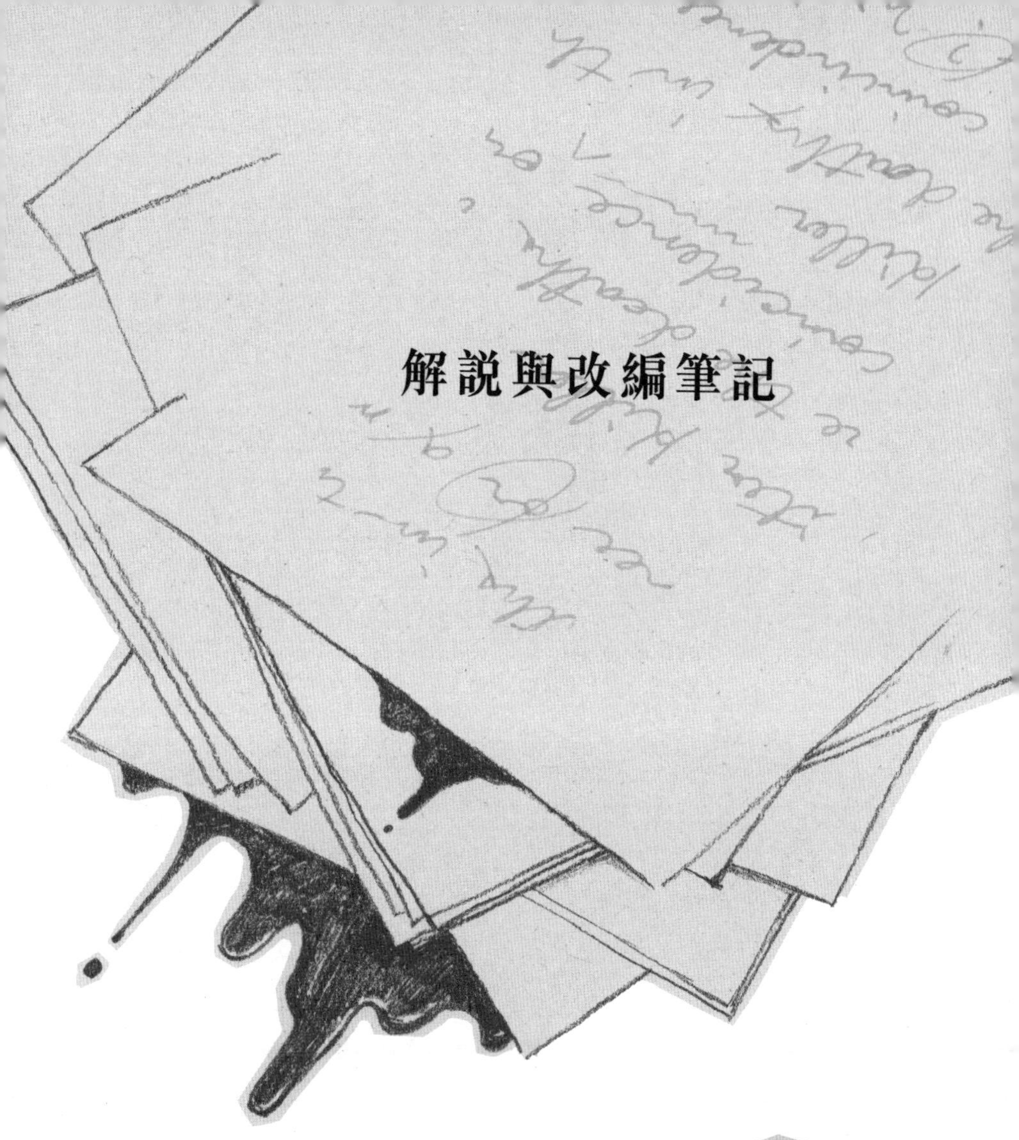

（本文涉及作品謎底和內容，請斟酌閱讀。）

《小說殺人》的故事已於上一頁正式落幕，但在故事內外仍存在一些未有解開的謎團。我在改編此作時，覺得除非借用作品中「小說世界」的月屑或「現實世界」的星塵他們二人之口，否則難以道出那些眞相，然而他們忽然跳出來解說又會令劇情變得突兀，思前想後，我決定以這篇〈解說及改編筆記〉來揭開剩下的謎底，也順道做一些澄清，以及跟各位讀者分享一下我在改編《殺人小說》爲《小說殺人》期間的一些心路歷程。

我先從最簡單的謎團開始說起，即爲何在冼嘉浚的《殺人小說》中，竟出現了高天宙和美子這兩個現實人物名字。要解釋這點，我們就要先回到「現實世界」的中段。冼嘉浚在黎麗娟的介紹下聯絡上我，在我創辦的月光文化自費出版《殺人小說》，該書亦由我負責擔任編輯。《殺人小說》內M出版社的作家、編輯、總編輯和市場部主管這四名角色的名字都有特殊意義，冼嘉浚爲此絞盡腦汁；與之相反，警方的角色名字不涉及行動指示，怎樣改都可以。冼嘉浚當時忙於創作和校稿，又希望作品能早日出版，於是請身爲編輯的我隨意提供三個名字給他。那時候我自己也正在趕其他的稿件，他既然說「隨意」，那我就眞的很隨意地提供了我的本名、我女朋友的暱稱美子，還有她跟我說起工作時提到的上司名字高天宙給他。但由於《殺人小說》內本身已有代表我的月屑，冼嘉浚擔心造成混亂所以沒有採用我的本名，只採用了美子和高天宙，並自行再改了黃俊軒為故事中總督察的名字。沒料到，這宗案件後來竟然剛巧由高天宙一隊負責覆核，小說中因此出現了現實人物的名字，實屬巧合。

說起我和這部作品的關聯，我想起早前在冼嘉浚和黎麗娟被繩之以法後，看到網上討論區有人再次討論起這宗案件，不過網民這次的焦點有點不同，竟懷疑到我的身上。有人質疑我事前是否已知悉冼嘉浚打算利用《殺人小說》來進行殺人計畫；如果知道的話，爲何不出手阻止？是不是爲了收到自費出版的錢就坐視不理？更甚者，有人懷疑我是不是想藉冼嘉浚之手一次把所有相關人士的人生終結，畢竟我和冼嘉浚的遭遇相似，我的四部曲作品的結局篇因銷量欠佳而被蘇錦聯拒諸門外，我才會被逼成立月光文化，而當時我的責任編輯也是黎麗娟。

其實有這個想法的人眞的很聰明，因爲我和冼嘉浚一樣，都是獅子座，說不定一直等待著一招奪命的復仇機會出現。我在〈改編者聲明〉中也說過，「出色的推理小說作家，才不會用自己的作品去殺一個人」，因爲出色的推理小說作家應該利用他人的手去殺人，又或者不只殺一個人，最少也要終結三個人的人生……

說笑而已！我又怎會做出這樣的事？是眞的話，我也不會笨得寫在這裡吧？

事實上，冼嘉浚把稿件交給我時，儘管沒跟我說這部小說的出版目的，但我的確看穿了他打算用來和黎麗娟合謀殺人，殺害的對象還是我認識的蘇錦聯。我洞悉到這個目的後，已馬上報警和通知蘇錦聯，然而他們都不相信冼嘉浚會因無法出書這種小事而殺人（即使小說內已清楚解釋那對於作家而言不是小事）。警方得知我的身分後還表示，如此迂迴的行凶手法只會出現在推理小說，勸我不要幻想太多。而我雖然知道殺人行動跟書中那三個註釋有關，但因爲我當時並不知道新型腦炎的發病機制，根本想不通那三個註釋如何和殺人行動拉上關係，也無法提醒蘇錦聯。

考慮到在香港提供自費出版服務的出版社有很多，我只好繼續替冼嘉浚出版《殺人小說》，畢竟我拒絕的話，他只會找其他出版社，反而令我失去監察和阻止事情繼續發展下去的僅餘機會。當刻我能夠做的很有限，在別無他法下贈送了一條紫水晶手鍊給黎麗娟，希望她能恢復理智，中止和冼嘉浚的合謀行動。我也在原著出版之前模仿冼嘉浚的文筆，加入了詳述海葆嵐和呂幗珮的恩怨以及關梅喜有隱衷這兩部分，希望黎麗娟看到後會對冼嘉浚起疑。可惜一切事與願違，悲劇最終還是發生了。

後來因著網民的討論，《殺人小說》緊接著大賣，第一版很快就賣光了。我安排小說加印，並請冼嘉浚在加印時增設〈序〉，希望他「講多錯多」，但警方最終還是以死因無可疑結案。事隔半年多後，案件竟被高天宙選中覆核，或許眞是天網恢恢，疏而不漏。

在改編本作時，我曾想過修改故事內美子和高天宙這兩個名字，但後來覺得這次改編的目的之一是呈現事實的眞相，那就照事實寫下去好了。我在此順道澄清，儘管我的女朋友李美惠隸屬高天宙一隊，但我並沒有藉助她去干預警方調查。如果硬要說我和覆核案件一事的連結，就只有我贈送予她的石榴石手鍊，還有她看到《殺人小說》是由月光文化出版後向我索取了該書的電子書樣書而已。因果報應總是以人類無法預計的方式出現，我想這宗案件也是一個好的例子吧。

我好像把話題拉得太遠了，還是回到解答剩餘的謎團好了。冼嘉浚在遊說黎麗娟合作時，聲稱這是無風險殺人手法，實際上卻有被捕風險。以一般人或警方的角度來看，或許會以爲這是謊言，他只是爲了哄騙黎麗娟才這樣說。但同樣身爲作家的我能夠理解他的說法，只是無風險是對於他自己而言，並不適用於黎麗娟。

其實大家應該從《殺人小說》這部作品可以看出冼嘉浚對寫作的執著，即使他因出版合約掣肘而無法出版新書，他仍堅持只靠寫作維生。他選擇出版小說來代替以端到端加密通訊軟體跟黎麗娟溝通，除了是怕被黎麗娟出賣之外，更重要的是希望藉此實現他的夢想——成爲暢銷作家。以《殺人小說》來謀害蘇錦聯失敗的話固然是零風險，但成功了之後，這本書就有很大機會因爲和現實極端相似而被捧成奇書，繼而大賣。他選擇以這種方法來通訊息，應該早已有被揭穿的覺悟，但即使入獄，他也曾當過暢銷作家，這就是對他而言的無風險——無論殺人計畫會否被識破，他都會得到他想要的東西。

從結果而言，他是成功的，《殺人小說》加印到第五版，不只是冼嘉浚首本獲再版的作品，也成爲了月光文化創辦至今銷量最好的書。但隨著警方覆核案件和正式起訴冼嘉浚，在輿論的壓力下，我只好把這本書下架。我個人認爲，《殺人小說》其實不好看，內容單薄，欠缺推理成分，結局也相當倒胃口。話雖如此，這本書並非一無是處，我認爲只要把冼嘉浚和黎麗娟在現實中的行動也加進去，故事的內容和推理性就會大增，情況就變得不一樣。我於是把冼嘉浚和黎麗娟合謀殺死蘇錦聯的整個事件加進去，改編成《小說殺人》這部後設小說，除了能夠藉此告訴大家事情的眞相外，還希望爲蘇錦聯以及出版業界說兩句話。

我在這部改編作品中提到：「創作之路不易走，但不代表選擇走上這條路的人就活該遭逢不幸。」我在這句話中提到的「人」，其實並不只作家，也包括了各出版從業人員。

我們有時會聽到不熟悉出版業的作家批評，認爲作者一般只得到書價的百分之十作爲版稅太少。我在成立月光文化之前也曾有這樣的想法，然而事實上，我們日常看到的每一本書，除了作者之外，其實也經過很多人的努力，包括出版社的編輯、設計師和營銷人員、印刷廠員工、書店店員等，才能到達讀者手中。其中出版社要承擔的風險最高，若書籍銷量欠佳，在付清編輯費、設計費和印刷費後就會入不敷出，但仍得按合約支付作者版稅。你去餐廳吃售價一百元的晚飯，扣除燈油火蠟、租金、人工等後，食材的成本通常佔不到售價的百分之十，也是相似的道理。（當不是我們故意刻薄作家，而是整個出版產業鏈的持份者都只能取一點而已。當然，如果有作家不喜歡傳統出版及發行模式，也可以採用其他的方法，例如自費出版、自行銷售等，那就能獲得較高比例的收益，然而他也得承擔相應的工作了。）

我在成立月光文化後，曾遇上不負責任的作者，他們在書出版後，就再沒有然後了，沒有認眞幫忙宣傳，也再沒有下一部新作；他們圓了夢，我也完了，要承擔巨額虧損。蘇錦聯做事謹愼，凡事向錢看，其實正好反映他過往吃過不少苦頭。他當上壞蛋，卻保障了出版社內各員工的生計，讓整條出版產業鏈得以維持下去。或許選擇了從事出版業的高級管理人員就註定會被看成壞蛋，但也不代表他們就應當承受殺身之禍。儘管我資歷尙淺，我想我應該勉強可以替他和業界說幾句話吧。

有時候我也會想，如果我能夠回到起點的話，可能就不會成立月光文化。現在我的大部分時間都花在出版業務上，爲他人做漂亮的嫁衣裳，卻沒有什麼時間寫自己的作品。近年我雖然在機緣巧合下有幸與不少香港作家合作，合著出版小說合集《推理大排檔》，但其實我已經有三年沒有出版過自己的個人作品。

這部改編作品《小說殺人》將會是事隔三年後我的首部個人作品，也是我的第一部推理長篇。不過，由於故事內容涉及現實案件，而且和我有關，我正計畫改一個新的筆名來出版。不使用星塵，當然也不可能採用《殺人小說》中的月屑，那個名字實在太遜了。我忽然想起「日月星辰」這個詞，星和月都用過了，所以我的新筆名應該是……算了，到這部作品正式出版之時，各位讀者自然會知道我的新筆名是什麼了。

感謝各位讀者耐心地讀到這裡，希望你們喜歡這部作品，也能對這宗悲劇的來龍去脈有更清楚的了解。

二〇二二年五月二十四日

星塵

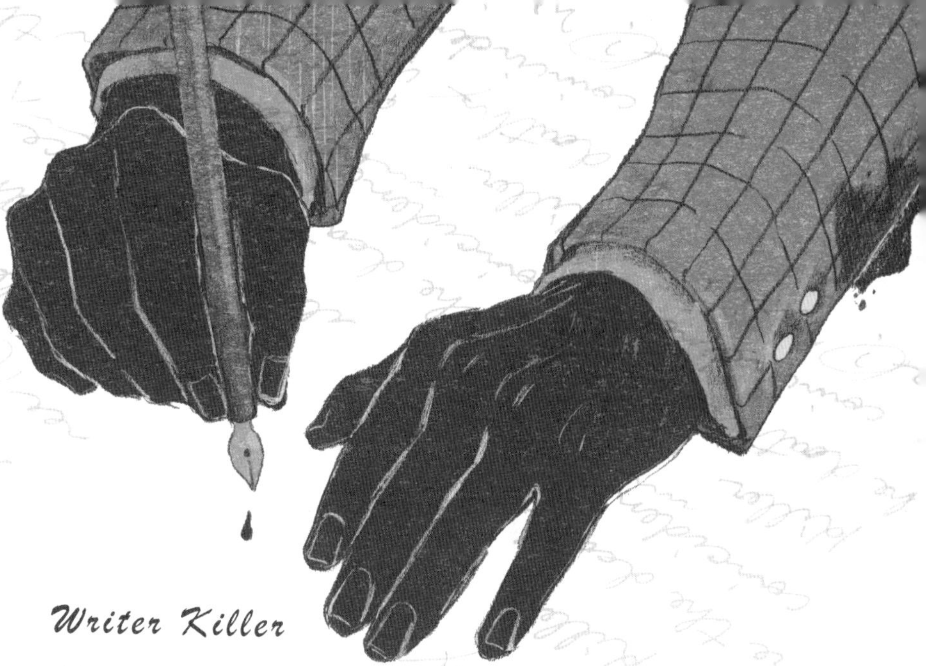

Writer Killer

後記

《小說殺人》是我的第一部個人長篇推理小說。在本書香港版推出前，我曾經幻想要找《偵探冰室》系列的作者們來推薦，但考慮到出版時程緊迫，這件事最終作罷。沒料到，到台灣版出版之日，這個奢望竟得到實現，似乎跟冼嘉浚的《殺人小說》有點相似呢！在此感謝譚劍老師賜予推薦序，也感謝陳浩基老師、莫理斯老師和文善老師掛名推薦。因爲籌備《偵探冰室》系列的緣故，平日跟幾位前輩稍有接觸，知道他們都很忙碌，但看到蓋亞文化上下一心，爲本書絞盡腦汁編輯和推廣，我覺得我也該略盡綿力，才厚著臉皮冒昧打擾他們。

《小說殺人》這部作品對我來說亦別具意義。它的原版早於二〇一六年完稿，是我的第一部推理小說。它當時只是個不足三萬字的短篇（大約只有現在的「小說世界」和「現實世界」的第一至三章），用作參加台灣推理作家協會徵文獎，可惜於準決選止步。後來在二〇二〇年我把它擴寫成約九萬字的長篇，投稿至島田莊司推理小說獎，但同樣鎩羽而歸，這次更於初選出局。那時候我一度有點心灰意冷，懷疑自己或許並沒有創作推理小說的才能。我希望藉此機會特別鳴謝冒業，感謝他閱讀了《小說殺人》在二〇二〇年參賽時的版本，並提供了不少寶貴意見，讓我把作品改寫成現在的模樣。也很感謝一眾參加過《偵探冰室》系列的作者，很大程度上是因爲各位對推理小說創作的熱忱，我每年繼續籌劃和參加這個系列，才會一直創作推理小說至今。今年我有幸首度入圍台灣推理作家協會徵文獎決選，儘管結果在執筆之時尚未可知，但對我來說已是一份肯定和鼓勵。

如果你們有讀過我的另一部作品《等價交換店》，應該知道我其實不喜歡寫序、作者的話或後記之類與作品無關的東西，我還是較喜歡讓作品自己說話，所以這篇後記差不多要結束了。

對了，其實我跟冼嘉浚和星塵一樣，都是獅子座的。但我覺得，與其花時間去想著怎樣報仇，不如努力想辦法去改進自己，讓那些曾經看不起我的人大跌眼鏡，也讓那些曾經不屑跟我合作的人後悔。

對我而言，活得比那些人好，就是最好的復仇。

望日

二〇二三年七月十二日

P.S. 你們覺得星塵在〈解說及改編筆記〉內說的話都是眞的嗎？事情眞的如此巧合嗎？你們還記得高天宙如何評價他嗎？這篇〈後記〉會否也是小說的一部分？

不過，身爲反意圖主義者的我還是決定不多解說，留給大家自行想像好了。

國家圖書館出版品預行編目資料

小說殺人／ 望日 著.
——初版.——台北市：蓋亞文化，2023.07
面；公分. (故事集；30)

ISBN 978-986-319-928-1（平裝）

857.81 112010799

故事集 030

小說殺人

作　　者　望日
封面插畫　Gami
裝幀設計　張巖
責任編輯　盧韻亘
總 編 輯　沈育如
發 行 人　陳常智
出 版 社　蓋亞文化有限公司
地址：台北市103承德路二段75巷35號1樓
電話：02-2558-5438　傳眞：02-2558-5439
電子信箱：gaea@gaeabooks.com.tw
投稿信箱：editor@gaeabooks.com.tw
郵撥帳號 19769541　戶名：蓋亞文化有限公司
法律顧問　宇達經貿法律事務所
總 經 銷　聯合發行股份有限公司
地址：新北市新店區寶橋路二三五巷六弄六號二樓
電話：02-2917-8022　傳眞：02-2915-6275
初版一刷　2023年7月
定　　價　新台幣299元
Published and printed in Taiwan

GAEA ISBN 978-986-319-928-1
著作權所有・翻印必究
本書如有裝訂錯誤或破損缺頁請寄回更換

◎請沿虛線剪開、對摺、裝訂後寄出

小說殺人

蓋亞文化　讀者迴響

感謝您在茫茫書海中選擇了蓋亞，您的支持是我們最大的動力。
不要缺席喔，讓我們一起乘著夢想的羽翼，穿越時空遨遊天地！

姓名：　性別：□男□女　出生日期：　年　月　日
聯絡電話：　手機：
學歷：□小學□國中□高中□大學□研究所　職業：
E-mail：　（請正確填寫）
通訊地址：□□□
本書購自：　縣市　書店
何處得知本書消息：□逛書店□親友推薦□DM廣告□網路□雜誌報導
是否購買過蓋亞其他書籍：□是，書名：　□否，首次購買
購買本書的動機是：□封面很吸引人□書名取得很讚□喜歡作者□價格便宜□其他
是否參加過蓋亞所舉辦的活動： □有，參加過　場　□無，因爲
喜歡出版社製作什麼樣的贈品： □書卡□文具用品□衣服□作者簽名□海報□無所謂□其他：
您對本書的意見： ◎內容／□滿意□尚可□待改進　◎編輯／□滿意□尚可□待改進 ◎封面設計／□滿意□尚可□待改進　◎定價／□滿意□尚可□待改進
推薦好友，讓他們一起分享出版訊息，享有購書優惠 1.姓名：　e-mail： 2.姓名：　e-mail：
其他建議：

◎請沿虛線剪開、對摺、裝訂後寄出

廣告回信 郵資免付
台北郵局登記證
台北廣字第00675號

TO：蓋亞文化有限公司 收

103 台北市承德路二段75巷35號1樓

Gaea

GAEA